CW00432593

LES LANGAGES SECRETS DE LA NATURE

Jean-Marie Pelt est professeur honoraire de biologie végétale et de pharmacologie à l'université de Metz, ainsi que président et fondateur de l'Institut européen d'écologie. Il est l'auteur de nombreux ouvrages, dont *La Prodigieuse aventure des plantes, La Terre en héritage* ou encore *Nature et spiritualité*.

JEAN-MARIE PELT
avec la collaboration de Franck Steffan

Les Langages secrets de la nature

La communication chez les animaux et les plantes

FAYARD

ISBN : 978-2-253-14435-9 – 1ʳᵉ publication – LGF

A la Fondation Denis Guichard
qui, par son aide, nous a permis d'éclaircir
le délicat problème des rapports entre
la musique et les plantes.

A la Banque Populaire de Lorraine
qui nous a permis de reprendre, afin de les
vérifier, diverses expériences concernant la
sensibilité des plantes.

A mes fidèles collaborateurs
Chafique Younos, Jacques Fleurentin,
Isabelle Drum,
Rachid Soulimani, Norbert Vogel, qui ont
nourri certaines
des réflexions figurant dans ce livre.

A Joël Sternheimer et Jean-Claude Pérez, qui
ont bien voulu relire la partie du manuscrit
concernant leurs travaux.

A tous, mes plus vifs remerciements.

« *Homme ! Libre penseur — Te crois-tu seul pensant*
Dans ce monde où la vie éclate en toute chose ?
....
Respecte dans la bête un esprit agissant...
Chaque fleur est une âme à la nature éclose. »

GÉRARD DE NERVAL
Vers dorés (Les Chimères).

PRÉFACE

A l'heure où la « communication » est devenue le maître mot des sociétés modernes, une notion quasi magique, il est tentant d'explorer les stratégies de communication en usage dans la nature : celles qui relient les plantes et les animaux entre eux, mais aussi avec les humains.

Car dans la nature aussi on communique. Pas un individu qui n'entretienne des relations souvent hautement spécifiques avec d'autres êtres de sa famille ou d'autres familles. Difficile, dans cet entrelacs relationnel, ce réseau dense et complexe, ce *network* inimaginablement sophistiqué, puisqu'il s'étend à toutes les créatures de la Terre, de ne pas perdre le fil d'Ariane : trois millions d'espèces vivantes qui communiquent, voilà qui remet « Internet » à sa juste place !

Il est important de souligner que la plupart des informations rapportées et réunies dans ce livre ont moins de trois décennies ; elles représentent les apports les plus récents de la science contemporaine à l'écologie de la nature. Elles nous révèlent des stratégies subtiles, des armes menaçantes, des mimes troublants, des ruses à peine concevables, des relations à hauts risques, des pièges cruels, mais aussi des ballets amoureux et d'émouvantes collaborations, sans oublier les multiples illustrations, tantôt facétieuses, tantôt tragiques, de la fameuse loi d'airain de la nature : « Mangez-vous les uns les autres ! » La nature recèle toutefois un autre maître mot, moins connu celui-ci : « Aidez-vous les uns les autres ! », qui sous-tend le vaste domaine des symbioses. Il contrebalance les effets du cruel « Mangez-vous les uns les autres ! » et du plus cruel encore « Empoisonnez-vous les uns les autres ! » où l'on voit mis en œuvre, avec les ruses les plus raffinées, des poisons redoutables, armes lourdes de la dissuasion...

La dernière partie de cet ouvrage est consacrée aux relations entre les plantes et les hommes. Bien des choses ont été dites et écrites à ce sujet, et souvent des plus fantaisistes — notamment ces informations publiées dans des revues marginales et reprises parfois par la grande presse, concernant les plantes qui « souffrent » ou celles qui détectent l'agent qui les fera souffrir, celles qui « parlent », celles qui « crient », voire qui « prient »... ! Les unes aimeraient Vivaldi, d'autres Bach, mais la musique rock leur déplairait !...Tout ce qui a été raconté sur ces thèmes, qui tiennent en haleine les grands médias depuis vingt ans, méritait une minutieuse exploration critique. Nous y avons procédé d'autant plus volontiers que l'on y voit aujourd'hui plus clair sur les effets surprenants de la musique sur les plantes ; qu'on sait que les plantes aussi ont une sensibilité ; qu'elles sont capables de mouvements spontanés, parfois très rapides ; qu'elles peuvent garder en mémoire les traumatismes et accidents subis dans leur jeunesse ; qu'elles sont peut-être capables de repérer à distance la rame qu'elles utiliseront pour s'élever si elles sont volubiles ; qu'elles mettent en œuvre toutes sortes de stratégies pour s'assurer la capture de l'insecte imprudent lorsqu'elles sont carnivores, etc.

Tout au long de ce périple dans le monde de la communication secrète entre les animaux et les plantes, c'est en quelque sorte une nouvelle botanique qui surgit page après page ; une botanique écologique qui rompt avec les souvenirs moroses de nos cours d'autrefois, où la reproduction des cryptogames vasculaires ne parvenait sans doute pas à éveiller d'irrésistibles passions... Ici, au contraire, la richesse et la diversité des interrelations font surgir une image dynamique du monde vivant, débouchant sur une meilleure compréhension de l'écologie. De ce point de vue, ce livre peut être perçu comme à la charnière d'une botanique essentiellement descriptive — nécessaire, mais non suffisante — et d'une biologie des espèces et des populations fondée pour l'essentiel, conformément aux lois de l'écologie, sur l'observation de leurs interréactions. A l'issue de ce parcours, nul doute que la plante et l'animal ne paraissent encore plus proches à chacun, et que sa certitude qu'il n'y a qu'*un* monde vivant n'en sorte renforcée. Dans ce monde, toutes les créatures sont peu ou prou soumises aux mêmes lois, ce qui ne peut que resserrer leurs liens de par cette commune condition qui est la leur et aussi la nôtre.

Si cet ouvrage a contribué à jeter quelques

bases de ce que sera la biologie du troisième millénaire, il aura sans nul doute rempli sa mission. Si, l'ayant lu, vous ne voyez plus tout à fait les plantes comme avant, notre but sera pleinement atteint et nos espérances comblées !

Première partie

LES POISONS,
ARMES LOURDES DE LA COMMUNICATION

CHAPITRE PREMIER

L'arsenal « top secret » des sorciers

Tapis dans l'ombre, doués de pouvoirs mystérieux, les sorciers inspirent crainte et respect, et pas seulement dans les sociétés où ils occupent le haut du pavé. Empruntant à la télépathie, à la voyance, à l'hypnose et bien entendu au poison, le double pouvoir de suggestion et de sujétion qu'ils exercent engendre la terreur des envoûtements, et plus encore des états misérables dans lesquels ils laissent souvent leurs malheureuses victimes.

Les pratiques secrètes des vaudous, par exemple, ont fortement frappé l'imagination des quelques chercheurs ou initiés qui ont pu participer à leurs rites. Rendre compte de ces faits n'est certes pas divulguer un secret jalousement gardé, puisque Wade Davis, chercheur au Muséum d'histoire naturelle de New York, leur a consacré un ouvrage entier il y a quelques années[1].

Originaires de la côte du Bénin, en Afrique occidentale, les pratiques vaudoues suivirent les migrations des Noirs africains en Amérique ; elles

1. Wade Davis, *Vaudou*, Presses de la Cité, 1987.

se sont solidement implantées au Brésil (Salvador de Bahia) et en Haïti. Parmi les rites les plus insolites, les séances de « résurrection des morts » sont sans doute les plus étranges ; elles sont restées, jusqu'à il y a peu, les plus indéchiffrables. Mais, au début des années 80, Davis décida d'enquêter sur le terrain en tentant de tirer au clair le cas de Clairvius Narcisse, brusquement réapparu après une mort et un enterrement dûment constatés et remontant à plusieurs années. Interrogé par Davis, Narcisse expliqua d'abord que la cicatrice qu'il portait à la joue, près de la bouche, avait été causée par un clou ayant traversé la paroi du cercueil dans lequel on l'avait couché après son dernier soupir... Décès plus apparent que réel : il se souvenait en effet d'être resté conscient durant ce qu'il appelait « sa mort » ; il avait entendu sa sœur pleurer à son chevet, il avait entendu l'annonce de sa « disparition » ; il avait aussi assisté à ses funérailles, éprouvant successivement la sensation de flotter au-dessus de son lit de mort, de son cercueil ou de sa tombe.

Notons d'ores et déjà que, jusqu'ici, le récit s'apparente parfaitement aux expériences que les Américains qualifient de NDE (*Near Death Experience* ou « expériences aux portes de la mort »). Elles ont été largement popularisées par les ouvrages du Dr Moody qui ont été traduits dans la plupart des pays du monde[1]. Le scénario est toujours à peu près le même : une personne subit un traumatisme violent qui la plonge dans le coma. Elle a alors le sentiment de « sortir de

1. Raymond Moody, *La Vie après la vie*, Ed. Robert Laffont, 1977.

son corps », comme si son esprit planait d'abord au-dessus de sa couche de malade. Un peu plus tard, l'esprit s'engage dans une sorte de long tunnel obscur au bout duquel l'appelle une belle lumière. Il reconnaît des personnages qui le hèlent et le rassurent, tantôt des parents depuis longtemps décédés qu'il reconnaît, tantôt des « anges de lumière ». Mais la séparation d'avec le corps n'est pas définitive : l'esprit parvient jusqu'à une sorte de frontière diversement « matérialisée », puis est renvoyé en arrière et rejoint alors le corps, qui reprend conscience. Il a frôlé la mort, laquelle serait sans doute intervenue s'il avait franchi cette frontière, rejoint parents et amis, bref, s'il était « passé sur l'autre rive ». De retour de ce « voyage », la personne se souvient de son aventure, la relate à ses proches dans un état de bien-être, de clairvoyance, voire d'illumination qui lui fait à tout jamais oublier ou dépasser la crainte de la mort.

Clairvius Narcisse avait interprété ces phénomènes à sa manière. Prisonnière de son cercueil — en fait, de son corps —, son âme avait dû attendre quelque temps avant d'entamer le grand voyage. Mais, au bout de quelques jours, ce voyage avait été abrégé par l'intervention inopinée d'un initié vaudou qui, d'après ce qu'il racontait, était venu déterrer son cercueil, lui avait fait boire un breuvage, l'avait battu, lié, roulé dans un drap et emmené travailler au loin dans une plantation... Narcisse était devenu l'un de ces fameux « zombis » dont on parle tant en Haïti.

Davis décida de pénétrer plus avant ce mystère et réussit à se faire inviter à une séance de « préparation des poisons » : du poison qui avait précipité Narcisse dans une mort apparente, puis de celui qui l'avait transformé, comme tant de ses infortunés congénères, en zombi au sortir du tombeau.

Le premier poison comporte des os humains broyés qu'il convient, selon un rituel particulièrement lugubre, d'aller se procurer au cimetière, et de nuit, dans une tombe récemment creusée. Mais il contient aussi divers extraits végétaux, notamment de mucuna, une liane à grandes grappes blanches évoquant la glycine, dont les pièces foliaires et les graines sont hérissées de minuscules aiguilles extraordinairement vulnérantes. Ces graines contiennent une molécule, la L Dopa, dont on fait un médicament pour soigner les parkinsoniens. Au mucuna s'ajoutent en outre dans cette préparation divers produits animaux, tels des crapauds et des organes de poissons-globes.

De retour à New York, Davis fit tester par des pharmacologues du Muséum d'histoire naturelle chacun des constituants de ce poison. Les produits de décomposition des cadavres, les ptomaïnes, dont certaines répondent aux noms évocateurs de « putrescine » et de « cadavérine », étaient connus de longue date : toxiques, ils miment les propriétés de certains poisons végétaux. On connaissait aussi depuis longtemps les effets hallucinogènes du venin de la peau de crapaud, ingrédient classique de l'arsenal des sorciers. Les graines de mucuna contiennent également des substances hallucinogènes qui ne peuvent que renforcer les effets du composant précédent. Mais il apparut que c'étaient les toxines contenues dans le foie et les viscères des poissons-globes qui entraînaient les principaux symptômes observés sous l'effet de l'intoxication.

20

Cette neurotoxine, la tétrodotoxine, est effroyablement active : cinq cents fois plus que le cyanure, cent mille fois plus que la cocaïne, par exemple ! Or les initiés vaudous manient ce poison avec une extrême dextérité. Ils le placent dans les chaussures ou les vêtements de la victime, de sorte qu'il imprègne peu à peu sa peau à la faveur de la transpiration et pénètre lentement dans le sang, produisant les effets décrits. Il y pénètre d'ailleurs d'autant mieux que des écorces pulvérisées d'albizia sont souvent ajoutées à la mixture ; celles-ci contiennent des substances (saponines), simulant les propriétés du savon, qui accélèrent le rythme de pénétration du poison à travers la peau. Reste à adapter avec la plus extrême précision les doses susceptibles de provoquer la catalepsie — car c'est bien dans cet état que se trouve le futur zombi dans son cercueil — sans produire la mort. Et c'est ici que le sorcier fait preuve d'un art consommé.

Quand le zombi à « ressusciter » est extrait de sa tombe, on lui administre immédiatement — puis encore le lendemain — une pâte à base d'une plante banale mais redoutable, le datura, très suggestivement baptisé là-bas « concombre zombi ». Il se trouve d'ailleurs qu'en Nouvelle-Calédonie, les feuilles d'une plante voisine du datura et de composition presque analogue, le duboisia, sont utilisées comme antidote des toxines du poisson-globe. Le secret des vaudous a donc été aussi découvert par les Canaques ! Grâce à l'atropine et surtout à la scopolamine qu'il contient, le datura secoue et réveille le cataleptique, produisant de surcroît dans son cerveau malmené une sorte de délire aux mille visions. Mais, tout cela, il l'oubliera bien vite, car les feuilles de datura produisent en même temps un état d'abrutissement et d'amnésie particulier qui contribue activement à la « zombification », laquelle se manifeste par l'abolition de la volonté et de la mémoire.

Dans le monde entier, le datura est perçu comme « la plante qui rend fou ». Il s'agit en fait d'un végétal toxique très puissant dont l'une des substances actives, la scopolamine, n'est rien d'autre que le fameux « sérum de vérité » des films d'espionnage. Ce que l'on sait moins, c'est la propriété des feuilles de datura d'envaser la mémoire à cause de la présence d'une substance spécifique isolée il y a peu (un peptide).

Voici donc une composition animale et végétale superbement concoctée pour réduire à néant un individu destiné désormais à vivre en esclave. En fait, deux toxiques suffisent : la tétrodotoxine du poisson-globe et le datura ; les poisons d'accompagnement ne jouent qu'un rôle secondaire. Encore faut-il les préparer convenablement, selon un rituel précis transmis de génération en génération, et surtout les administrer sans avoir la main lourde, afin qu'ils produisent leurs effets sans crier gare.

On reste stupéfait de ce savoir immémorial vis-à-vis duquel notre moderne toxicologie reste désarmée. Tel est en effet le propre des sociétés traditionnelles d'avoir su, dans leur étroite communion avec la nature, élaborer un trésor de connaissances et de pratiques dont l'art des poisons n'est qu'un des nombreux aspects. L'humanité aurait souvent tout à gagner à puiser dans la richesse de leurs pharmacopées, à s'inspirer de l'étroite convivialité de certains de leurs modes de vie, de la solidarité entre membres d'une même famille ou de groupes humains — autant d'aspects positifs que la connaissance avisée des poisons ne saurait faire oublier. A cet égard, notre récit se veut aussi et d'abord un hommage au savoir et au savoir-faire de ces sociétés dont l'efficience se moque éperdument du « faire-savoir », obsession de nos sociétés dites de communication. Les sorciers n'ont que faire du faire-savoir : ils agissent dans le secret de leurs officines, loin des regards indiscrets et des médias.

Le dévoilement des formules des initiés vaudous incite tout naturellement à jeter un coup d'œil sur les plantes et techniques utilisées par les sorciers d'Europe durant le Moyen Age et sans doute encore, ici ou là, de nos jours. On y retrouve en priorité — sinon en exclusivité — les cousines et cousins du datura qui forment entre eux une large parentèle appartenant tout entière à la famille botanique des solanacées. Parmi les plus importantes : d'abord la belladone, aux baies violacées redoutablement toxiques ; puis la jusquiame, qui servit en 1886 à l'exécution des pionniers de la mission Flatters (ceux-ci prétendaient construire un chemin de fer transsaharien ; exécutés à la jusquiame par les Touareg, ils emportèrent leur ambitieux dessein dans la tombe) ; vient ensuite le datura lui-même et ses nombreuses variétés qu'on ne s'étonnera jamais assez de voir parfois offertes par les pépiniéristes ou les fleuristes et parader dans les salons ou les massifs floraux ! Toujours dans la famille des solanacées, à ces plantes s'ajoute la très célèbre mandragore dont les racines, épousant vaguement la forme d'un corps humain, ont connu au Moyen Age un engouement proprement magique.

Tous ces végétaux peuvent entrer dans les mixtures et onguents des sorciers, car leurs compositions chimiques sont presque similaires, de même d'ailleurs que leurs propriétés pharmacologiques. Une intoxication par l'une ou l'autre de ces solanacées, éléments de base des pharmacopées infernales, se manifeste par une augmentation du diamètre de la pupille, la mydriase, qui signe avec une quasi-certitude l'origine et la nature du poison. On sait aujourd'hui que sorciers et sorcières s'enduisaient le corps d'onguents contenant ces substances ; celles-ci pénétraient à travers la peau là où elle est le plus mince : pli de l'aine, tempes, aisselles, chevilles, intérieur des poignets... Les substances toxiques — atropine et scopolamine essentiellement — rejoignaient rapidement le flux sanguin et produisaient ainsi leurs effets.

Courante aussi était l'utilisation des fameux balais qui « emportaient » les sorcières au sabbat et n'étaient somme toute que de simples balais dont le manche avait été enduit d'onguents riches en ces substances toxiques. L'introduction de l'extrémité du manche dans le vagin — muqueuse sensible s'il en est — entraînait une rapide pénétration des poisons dans le sang.

Ces substances provoquent des délires accompagnés notamment d'une sensation d'envol ou de chute, d'où les comptes rendus émanant des intéressées et parlant de fantastiques chevauchées au-dessus des plaines et des montagnes... Mais laissons la parole à Jean-Baptiste Porta qui, au XVIe siècle, dans sa *Magie naturelle*, raconte le fruit de ses observations sur une sorcière partie en sabbat (pour simplifier, on a transcrit le récit en français contemporain) : « Alors que je m'efforçais de découvrir ces choses très soigneusement (car j'en doutais encore), je rencontrai une certaine vieille, du nombre de celles que l'on nomme "sorcières" et qui sucent le sang des petits enfants au berceau. Cette vieille, de sa propre volonté, me promit qu'en bref elle me donnerait réponse. Elle commanda que tous ceux qui étaient avec moi, et qui eussent pu servir de témoins, sortissent dehors, ce qui fut fait. Puis nous la vîmes par les fentes de la porte se frotter tout le corps d'un onguent ; elle tomba en terre par la vertu de ces "onguents endormants" et entra en un sommeil très profond. Nous ouvrîmes la porte, pénétrâmes à l'intérieur et commençâmes à la frapper, mais son sommeil était si fort qu'elle ne ressentit rien. Ainsi nous ressortîmes de nouveau. Cependant, la force des onguents étant diminuée, elle se réveilla et nous raconta plusieurs folies : à savoir qu'elle avait passé la mer et les montagnes, ne nous répondant que des choses qui s'avérèrent être fausses. Nous lui niions tout, mais elle affirmait davantage, et bien que nous lui montrassions les marques des coups, elle ne faisait encore que s'obstiner davantage... »

Mais les poisons ne restent pas cantonnés à ce rôle. Comme, entre la drogue et le poison, il n'y a qu'une différence de dose, selon l'aphorisme de Claude Bernard, on les utilise aujourd'hui de plus en plus pour leurs effets thérapeutiques. On assiste désormais à une exploration systématique des poisons, invités à fournir à doses convenables les grands médicaments dont nous avons besoin. Encore faut-il disposer pour cela d'une solide connaissance de ces substances. Celle-ci n'a vraiment vu le jour qu'au cours de ce dernier siècle, grâce à l'essor de la chimie des substances naturelles et à l'impressionnante évolution des moyens techniques mis à sa disposition.

CHAPITRE 2

Des poisons à foison

Lors de la montée en puissance de l'écologie au cours des années 70, la grande industrie chimique a été en quelque sorte sommée de faire la preuve de l'innocuité des molécules produites par elle aussi bien pour la santé humaine que pour celle des animaux et des plantes. Ces derniers bénéficièrent soudain d'une considération à laquelle ils n'avaient guère été accoutumés jusque-là. Il n'était que temps : la nature était devenue l'innocent réceptacle de déchets domestiques ou industriels de toute sorte, ainsi que des molécules utilisées par l'agriculture et qui, s'infiltrant dans les chaînes alimentaires, produisaient des intoxications et des éliminations massives d'êtres vivants. De là à accuser systématiquement les activités humaines nuisantes ou polluantes et à louer au contraire la sagesse de la nature et l'innocuité de ses productions, il n'y avait qu'un pas qui fut vite franchi. Désormais, tout ce que produisait la nature était bon, tout ce que synthétisait l'homme était dangereux. Telle fut la dominante des années 70, aux débuts de l'ère écologique.

Vingt ans plus tard, ces approches quelque peu sommaires n'ont plus cours. Les écologistes se seraient-ils avisés que la distinction entre ce qui est bien et ce qui est mal apparaît dans la Genèse comme une prérogative appartenant à Dieu seul ? C'est la fameuse histoire de l'Arbre de la Connaissance du bien et du mal, planté au milieu du jardin d'Eden et qui ne doit d'aucune manière livrer son secret à la curiosité de nos premiers parents. *Si la nature tout entière est bonne*, comme dit encore la Genèse, il n'y est dit nulle part que *tout, dans la nature, est bon pour nous*. D'où la crainte de l'homme de la Bible envers ces animaux réels ou mythiques que sont les monstres marins, le Léviathan, le bestial rhinocéros ou le tortueux crocodile. D'où aussi la peur immémoriale de la flèche et du poison.

Si la nature est loin d'avoir livré tous ses secrets, c'est particulièrement vrai de ceux de la subtile chimie des molécules qui marquent tantôt d'aménité, tantôt d'agressivité les rapports mutuels entre les êtres vivants. La communication dans la nature apparaît en effet dès que deux êtres entrent en contact par molécules interposées soit à leur bénéfice réciproque, soit dans le cadre de rapports de force où le maniement du poison joue souvent un rôle prééminent.

Une première distinction s'impose d'emblée, découlant des modes de vie propres aux végétaux et aux animaux. L'animal est mobile. A la différence de la plante, il ne peut se permettre de laisser détruire une partie de soi pour empoisonner son ennemi. Son action doit viser à préserver au maximum son intégrité physique : elle sera donc en général rapide et dissuasive, et nombreuses seront les stratégies mises en œuvre pour qu'une judicieuse émission de poison nuise au compétiteur sans causer trop de torts à l'émetteur. Notons qu'il est rare que l'animal soit agressif gratuitement (ce qui semble être une triste singularité de l'homme) ; il n'attaque que pour se nourrir ou pour défendre son territoire ou ses petits, ne cherchant guère querelle à qui le laisse en paix. Les stratégies de la plante toxique sont en revanche moins subtiles : elle n'agit que passivement, en se laissant dévorer ou en laissant consommer une partie d'elle-même pour empoisonner ses ennemis.

Quelques chiffres, empruntés au remarquable inventaire établi par Barbier[1], donnent une idée de l'extrême toxicité des poisons animaux ou végétaux.

La palme semble devoir être attribuée à la palytoxine, isolée de petits invertébrés marins[2] ; elle est mortelle pour la souris à la dose extraordinairement faible de 0,15 millionième de gramme par kilo. Aussi se garde-t-on de récolter ces animaux producteurs d'une substance à ce point redoutable, et un tabou local des îles Hawaï interdit-il leur ramassage. Par une très étrange coïncidence, le laboratoire hébergeant les chercheurs qui travaillaient sur cette toxine fut détruit par un incendie l'après-midi même où ceux-ci récoltaient ces bestioles, ce qui suggère un mode d'interaction que les divers auteurs branchés sur le sujet n'avaient osé imaginer : la vengeance des toxines s'exerçant sur l'intégrité des bâtiments où on les étudie !!!

1. Michel Barbier, *Introduction à l'écologie chimique*, Ed. Masson, 1976.
2. Les palythoas (zoanthaires, cœlentérés).

Comparée à ce redoutable palythoa, la force de frappe des hyménoptères piqueurs (abeilles, guêpes, frelons) paraît dérisoire. L'apamine et la mélitine, les deux poisons spécifiques du venin d'abeille, ont une toxicité de l'ordre de 3,5 à 4 mg/kg chez la souris, soit deux mille fois moindre que celle de la palytoxine.

Avec le venin de scorpion, on retrouve des doses fatales nettement plus sévères : de l'ordre de 10 à 20 millionièmes de gramme par kilo, toujours chez la souris. Le plus agressif des scorpions connus à ce jour[1] serait responsable de la mort d'un enfant piqué sur deux. La seule bourgade mexicaine de Durango, forte de 40 000 habitants, aurait déploré 1 600 décès par piqûre de scorpion entre 1890 et 1926. L'auteur de cette hécatombe, on le voit, n'est pas très fréquentable ! Ses congénères nord-africains[2] le sont davantage, puisque le plus commun d'entre eux[3] ne tue que deux adultes ou huit enfants piqués sur cent.

Le survol des arthropodes toxiques serait incomplet si n'y figurait pas la fameuse veuve noire[4]. Sa piqûre provoque une douleur locale insupportable, déclenche des troubles visuels, puis, très vite, plonge la victime dans un état de prostration.

Un autre arachnide des régions tropicales[5], long de 2 à 5 centimètres, peut projeter son venin jusqu'à 0,80 mètre. Ce liquide est particulièrement riche en acide acétique, qui en fait une sorte de vinaigre concentré dont la pénétration locale

1. *Leiurus quinquestriatus.*
2. Centruroïdes.
3. *Androctonus australis.*
4. *Latrodectus mactaus.*
5. *Mastigoproctus giganteus.*

est favorisée par la présence simultanée d'un agent mouillant. Mais un millipède[1] vivant en Haïti fait mieux encore : il est capable d'éjecter son venin sous forme de fines gouttelettes jusqu'à un mètre. Ces projections, au demeurant modestement toxiques, réussissent toutefois à aveugler les petits animaux qui, devenus incapables de se procurer leur nourriture, finissent par périr d'inanition.

D'autres millipèdes[2] ont l'art de manipuler, sans dégâts pour eux mais non pour autrui, l'un des poisons les plus classiques et les plus toxiques qui soient : l'acide cyanhydrique. Ils exsudent cet acide lorsqu'ils sont attaqués. Les doses émises sont capables de tuer sans rémission plusieurs souris. Le mode de production du poison est un système hautement sophistiqué que Barbier[3] compare à un « réacteur » à deux chambres, l'une étant un réservoir contenant le précurseur de l'acide cyanhydrique, l'autre dissociant ce précurseur par l'action d'une enzyme et le transformant en poison. L'animal ne ménage pas ses efforts, car la sécrétion toxique peut se poursuivre pendant plus de 30 minutes ! Elle fournit une défense remarquablement efficace et à vaste champ, puisqu'elle possède aussi des propriétés répulsives vis-à-vis des fourmis, par exemple.

Dans la série des modèles et processus particulièrement élaborés, citons encore ce myriapode[4] qui, lorsqu'il est attaqué, se roule en boule et exsude des gouttelettes d'un liquide riche en toxines convulsivantes, en même temps qu'une

1. *Rinochrichus letifer.*
2. *Apheloria corrugata* et *Pseudopolydesmus serratus.*
3. *Op. cit.*
4. *Glomeris marginata.*

glu destinée à fixer ce liquide sur son ennemi et qui se solidifie au contact de l'air. Dans le combat inégal mettant aux prises une araignée avec ce myriapode, on constate que la première a d'abord l'avantage. Mais, en suivant les péripéties du combat, on observe qu'elle se paralyse peu à peu par la solidification de la glu qui fixe sur elle une toxine, la glomérine.

Le coléoptère bombardier[1] manifeste un comportement tout à fait spectaculaire. Dès qu'il est en danger, il projette sur son ennemi un nuage toxique. La décharge évoque un coup de pistolet, dégage une odeur de poudre et provoque une faible chaleur, comme le pasteur Wilhelm l'avait noté dès 1796. Ici encore, le poison est stocké sous la forme d'un précurseur qui ne sera transformé qu'au moment de l'emploi. Celui-ci est introduit par une contraction musculaire dans une chambre d'explosion dont les parois sécrètent des enzymes qui décomposent l'eau oxygénée mêlée au précurseur ; l'oxygène dégagé produit l'explosion par oxydation du précurseur et accentue ses effets toxiques. On a pu constater que la température au moment de l'explosion est voisine de 100 °C : le bombardier n'a décidément pas usurpé son nom !

Mais les vertébrés ne s'en laissent pas conter et alignent eux aussi de puissants arsenaux. Des Indiens sud-américains préparent des poisons de flèche avec des grenouilles. La toxine utilisée frôle par sa toxicité les records homologués pour les palythoas, avec une dose fatale de 2 millionièmes de gramme par kilo. En Colombie, une autre gre-

1. *Brachinus crepitans.*

nouille[1] offre également sa peau à la préparation de redoutables poisons de flèche. Quant aux crapauds, ils n'ont rien à envier à leurs consœurs : leurs glandes parathyroïdes et leur peau sécrètent des venins de composition complexe[2]. Leurs bufovenins provoquent des effets hallucinogènes, ce qui explique leur présence dans l'arsenal des sorciers. La peau de crapaud desséchée figure en outre dans la pharmacopée chinoise.

Les venins de reptiles viennent d'emblée à l'esprit avec leurs cocktails riches en multiples enzymes à un état de forte concentration. Ils représentent même une des sources d'enzymes les plus concentrées que l'on puisse rencontrer dans la nature. S'y ajoutent naturellement des toxines spécifiques. Leur attaque se manifeste par une lyse cellulaire massive, ce qui rend vipères, cobras, mambas, crotales, najas d'une fréquentation si peu agréable ; l'injection du venin met rapidement en route un processus de déstructuration de l'architecture cellulaire qui conduit notamment à la coagulation du sang.

Les poissons directement ou indirectement toxiques sont nombreux. La tétrodotoxine est sans doute la plus connue des toxines issues des poissons-globes[3]. Ce poison, accumulé dans les ovaires et le foie du poisson, cause encore des morts au Japon où celui-ci est consommé sous le nom de *fugu*, et ce malgré une réglementation rigoureuse de son mode de préparation. Nous avons vu le rôle de ce poison dans les pratiques vaudoues. Il agit par blocage de la transmission

---

1. *Dendrobates histrionicus.*
2. Batrachotoxine produite par *Phyllobates aurotœnia.*
3. *Spheroides rubripes.*

de l'influx nerveux, provoquant des paralysies pouvant aller, on l'a dit, jusqu'à la catalepsie.

Très écologique et redoutable est la courte chaîne alimentaire qui va de certaines algues, susceptibles d'accumuler des toxines au gré des saisons et des situations géographiques, à diverses espèces de poissons consommateurs de ces algues et rendus ainsi à leur tour toxiques. Mangés par l'homme, ces poissons provoquent dans les régions tropicales une maladie : la ciguatena, provoquée par une toxine nommée précisément ciguatoxine. Cette maladie est toujours associée aux récifs coralliens où habitent ces types de poissons.

Il faut ajouter enfin à cette liste de stratégies défensives celle, très originale et efficace, d'un papillon d'Amérique du Sud[1] dont le corps est couvert de poils ; ceux-ci sont en fait de véritables fléchettes empoisonnées émises à profusion et susceptibles de provoquer allergies et dermatites. Les accidents sont provoqués par contact direct ou indirect, car les poils se détachent facilement en cours de vol ; l'on peut même constater de véritables nuages de poils, et cet exemple nous fait glisser du règne animal vers une plante déjà rencontrée parmi les poisons vaudous et dont la stratégie est tout à fait identique : le mucuna[2].

Cette splendide glycine sauvage d'Afrique aux grandes grappes de couleur blanche est particulièrement cruelle pour l'infortuné qui s'en approcherait sans de multiples précautions. Le calice des fleurs est en effet revêtu d'une multitude de minuscules poils roux, extraordinai-

1. *Hylesia.*
2. *Mucuna pruriens.*

rement urticants et auprès desquels nos modestes orties ne sont qu'un aimable divertissement. Pour en avoir cueilli imprudemment un bouquet, je me trouvai trois jours durant victime de violentes brûlures, l'épiderme porté au rouge coquelicot. Dans la mesure où ces poils minuscules se fixent sur la peau et dans les vêtements, poursuivant ainsi fort longtemps leur action délétère, il est difficile de se débarrasser de l'action pernicieuse de ces fleurs, même lorsqu'elles ont été détachées de la plante mère. Quand on rappellera que les graines de mucuna, sans doute hallucinogènes, contiennent aussi une substance utilisée aujourd'hui dans le traitement de la maladie de Parkinson, on conviendra que cette plante a une manière bien à elle de conjuguer le bien et le mal.

Avec le mucuna nous avons glissé des toxines et poisons animaux aux végétaux. Ceux-ci forment un groupe si vaste qu'on se gardera de prétendre en dresser un inventaire complet. Citons au premier chef l'une des plus redoutables de leurs toxines : celle du ricin, cet arbuste décoratif tropical à feuilles de platane ou d'érable et aux graines magnifiquement tigrées et moirées. Il est aisé de s'en procurer et l'on dispose ainsi d'un des poisons les plus faciles à obtenir : cinq graines pour un enfant, vingt pour un adulte représentent la dose mortelle. Dieu merci, la nature, bonne mère, leur a conféré un goût assez désagréable pour décourager les petits d'y toucher. La toxine du ricin, l'une des plus dangereuses qui soient, a par ailleurs l'heureuse idée de ne pas passer dans l'huile lorsqu'on procède à son extraction des graines ; elle se concentre dans le tourteau, dès lors toxique, allergisant et incomestible, tout au moins en l'état.

L'évocation des toxines végétales renvoie d'emblée aux champignons toxiques ou mortels, un club somme toute assez fermé où trône en majesté la fameuse amanite phalloïde, si aisée à reconnaître par sa volve, son anneau, ses lamelles blanches, ainsi que par la couleur souvent verdâtre de son chapeau. D'autres amanites, notamment en Amérique du Nord, font concurrence à la phalloïde et sont tout aussi dangereuses, beaucoup d'entre elles entretenant avec l'homme des interactions chimiques pour le moins délicates. L'intoxication par les amanites est d'autant plus redoutable que ses symptômes n'apparaissent que tardivement, alors que d'importantes lésions du foie et des reins se sont déjà produites, entraînant la mort. La découverte des facteurs toxiques de l'amanite est relativement récente ; elle remonte à des travaux publiés par Theodor et Otto Willand en 1972. En moyenne, un champignon de 50 g contient environ 7 mg des deux principales familles de toxines contenues dans les amanites : les amanitoxines et les phallotoxines, dont la redoutable phalloïdine. Cette dose est suffisante pour tuer un homme. L'amanitine est mortelle à la dose de 0,1 mg/kg et vient ainsi se ranger parmi les plus grands toxiques végétaux. A noter que l'amanite phalloïde contient aussi une antitoxine, laquelle, à condition d'être ingérée en quantité suffisante (0,005 mg/g pour la souris) et en même temps que ces toxines, protège l'animal à cent pour cent. Le contrepoison n'est donc actif qu'à titre préventif et avant que ne se manifestent les symptômes, ce qui en limite l'emploi en thérapeutique.

L'amanite phalloïde est entrée dans l'Histoire bien avant que le grand botaniste suédois Linné ne lui donne un nom. Elle fut en effet à l'origine d'un des plus célèbres empoisonnements de la Rome antique. L'empereur Claude avait un fils nommé Britannicus ; sa femme Agrippine avait de son côté un fils d'un autre lit : Néron. De peur de voir le trône échoir à Britannicus à la mort de l'empereur, elle décida de précipiter les événements. Avec l'aide de son « âme damnée », la sorcière et empoisonneuse Locuste, fameuse dans toute l'Antiquité romaine, elle prépara à l'intention de Claude un plat de champignons censés être de l'amanite dite des Césars, en raison de la fréquente présence de ce champignon agréable et comestible sur les tables impériales. Mais elle y ajouta quelques amanites phalloïdes. L'empereur fit bon accueil à ce qu'il considérait comme une gourmandise, mais, fidèle aux mœurs de l'époque, il alla se faire vomir pour raviver sa faim, éliminant ainsi une partie appréciable des champignons mortels qu'il avait consommés. Cela n'empêcha pas de fortes douleurs intestinales de se manifester au bout de quelques heures. Angoissée de voir son stratagème ainsi déjoué, Agrippine réussit à convaincre l'empereur de consulter son médecin, dont elle avait eu soin de faire préalablement son complice. Celui-ci décida de lui administrer un « traitement » radical sous la forme de coloquintes broyées. La coloquinte est une petite cucurbitacée, abondante dans les zones désertiques et particulièrement irritante. En ingérant de son jus, et par voie orale et par lavements rectaux, l'empereur fit subir à son tube digestif les pires avanies. Claude finit par décéder, la coloquinte parachevant en quelque sorte, par le haut et par le bas, le travail initié par l'amanite phalloïde...

Néron avait été mis dans la confidence par sa mère et la mort de Claude lui ouvrit l'accès au trône. Quelque temps plus tard, au cours d'un banquet, un convive lui ayant dit que les champignons, délicieux, étaient décidément la nourriture des dieux, il rétorqua non sans humour : « La preuve en est qu'ils ont fait de mon père un dieu ! », allusion à la déification des empereurs de Rome durant leur vie mais surtout après leur mort, et à la manière dont celle-là avait été rondement menée.

D'autres champignons[1], en particulier l'amanite muscarine[2], aisément reconnaissable à son chapeau rouge moucheté de pois blancs, produisent sur l'homme des actions physiologiques remarquables. A la dose extraordinairement faible de 10 milliardièmes de g/kg, la muscarine est à même d'abaisser la tension des chats et de diminuer l'amplitude des battements du cœur. Encore appelé amanite tue-mouche, ce champignon possède des effets narcotiques et hallucinogènes non seulement sur les mouches (!), mais aussi sur l'homme : troubles de la vision, confusion mentale, perte de la mémoire, hallucinations, délocalisation dans le temps et dans l'espace sont quelques-uns des symptômes spectaculaires de l'intoxication par cette amanite, qui l'apparentent beaucoup à l'ivresse éthylique. Mais, ici, la mort n'est pas l'issue fatale de l'intoxication.

Il faudrait citer encore une vaste liste de champignons apparentés, pour leurs propriétés, à l'amanite tue-mouche, notamment les petits champignons mexicains nommés *teonacatl* ou

---

1. Amanite panthère, divers inocybes et clitocybes.
2. *Amanita muscaria.*

« chair de Dieu », déjà utilisés jadis par les prêtres aztèques. Les Indiens du Mexique les emploient encore dans certaines opérations magiques en raison de leurs très fortes propriétés hallucinogènes, sans doute aussi parce qu'ils stimulent les dons de voyance et de télépathie[1].

Les gros champignons ne sont cependant pas les seuls à provoquer des intoxications spectaculaires. Depuis les années 60, on connaît les toxines contenues dans des champignons filamenteux microscopiques, tels les aspergillus et les pénicilliums. Parmi celles-ci, les aflatoxines tiennent sans conteste le haut du pavé. On en trouve parfois sur des graines alimentaires contaminées — notamment d'arachide — vendues sur les marchés pour la consommation humaine et elles constituent un danger redoutable en régions tropicales. On estime dans le monde à plus de 10 % la perte de denrées alimentaires liée à l'attaque de ce type de moisissures. Les aflatoxines sont particulièrement à craindre dans la mesure où elles peuvent être à l'origine de cancers du foie. Aussi un contrôle sévère des produits alimentaires a-t-il été instauré et la lutte contre les affections dues à ces champignons s'est-elle généralisée.

Tout à fait redoutable aussi, le petit champignon parasite du seigle, l'ergot, qui déclencha au Moyen Age d'effroyables épidémies. Ecoutons le témoignage du chroniqueur Sigebert de Gembloux, écolâtre de Saint-Vincent de Metz : « Année de grande épidémie que cet an de grâce

1. On pourra consulter, sur les champignons hallucinogènes et l'ergot de seigle, J.-M. Pelt, *Drogues et plantes magiques*, Fayard, 1983.

1089, surtout dans la partie occidentale de la Lorraine où l'on vit beaucoup d'égrotants[1], les entrailles dévorées par l'ardeur du feu sacré, avec des membres ravagés, noircissant comme du charbon, qui, ou bien mouraient misérablement, ou bien conservaient la vie en voyant leurs pieds et leurs mains gangrenés se séparer du reste du corps... » On reconnaît là les symptômes de la gangrène, appelée encore « feu de Saint-Antoine » ou « mal des Ardents », dont on ignorait alors tout des origines. S'ajoutaient souvent à ces symptômes des convulsions qui secouaient tout le corps, accompagnées de délires et d'hallucinations. Il fallut attendre près de sept siècles, juste avant la Révolution française, pour que Tessier localise les mêmes symptômes sur des canards et des porcs intoxiqués par des farines contaminées par l'ergot de seigle ; la cause du mal était enfin repérée. Peu après commencèrent de longues recherches sur la chimie de l'ergot, qui aboutirent à l'isolement d'une collection de douze substances actives, chacune dotée de propriétés particulières pouvant être modifiées par hydrogénation. Il en est résulté une collection de médicaments inscrits au palmarès des laboratoires Sandoz, de Bâle, qui sont parvenus à décortiquer la chimie de cette drogue naturelle, l'une des plus complexes qui soient.

Sandoz a entrepris ensuite de synthétiser des « analogues » proches des molécules de l'ergot de seigle ; l'un d'eux devait connaître une brillante mais sulfureuse carrière : le fameux LSD ! En

---

1. Maladifs. Le mot n'a aucune étymologie commune avec l'ergot ; au demeurant, les épidémies constatées à cette époque n'étaient pas encore imputées à l'ergot de seigle.

pleine guerre mondiale, le 16 avril 1943, Albert Hoffmann, coauteur avec le professeur Stoll des travaux sur l'ergot, quitta son travail pour regagner son domicile, en proie à une sorte de délire accompagné de visions colorées. Circulant à bicyclette entre les rames des tramways bâlois, il voyait curieusement les rails diverger devant lui et perdre leur parallélisme. Intrigué par ce phénomène, la tête pleine de sons et d'images, il pensa tout naturellement à une intoxication et passa en revue les substances qu'il avait manipulées. Récapitulant les expériences auxquelles il s'était livré le jour même, il décida de tirer l'affaire au clair en absorbant 250 millionièmes de gramme de la substance qu'il venait de synthétiser : le diéthylamide de l'acide lysergique (en allemand *Lysergic Säure Diethylamide*, soit LSD). Malgré la dose infime absorbée par élémentaire prudence, les symptômes ressentis furent beaucoup plus intenses que la première fois. L'agent responsable de l'effet hallucinogène était donc identifié : il s'agissait bien du LSD qui faisait ainsi son entrée dans l'Histoire. Connaissant le goût des nazis pour les armes chimiques, les établissements Sandoz firent tout pour que cette découverte restât secrète, et ce n'est qu'au cours des années 50 que le LSD amorça sa « carrière », mais sans réussir à tenir toutes ses promesses initiales et à se transformer en véritable médicament. Il mena donc une carrière marginale en tant que drogue hallucinogène particulièrement dangereuse en ce qu'elle déstructure la personnalité et peut l'amener à des situations extrêmes : suicide, accident, autodestruction, etc.

Mais le LSD peut aussi provoquer des états de ravissement et d'extase en repoussant les bornes du mental et en permettant d'atteindre à ces « paradis artificiels » décrits par de nombreux auteurs. Actif à des doses infinitésimales, puisque 50 millionièmes de gramme suffisent à déclencher des hallucinations, le LSD est une véritable « bombe psychique ». Il fait aujourd'hui partie de l'arsenal des armes de mort à usages civils, voire militaires : détruisant la volonté, distrayant l'esprit de ses centres d'intérêt habituels, il suffirait de l'introduire dans les réservoirs d'eau des grandes villes d'un pays pour annihiler la résistance de sa population... Substance maléfique ayant raté son entrée en psychiatrie du fait de l'inconstance de ses effets, le LSD ne figure plus qu'au palmarès des toxicomanies majeures, et s'inscrit en tête des grands hallucinogènes contemporains.

Voilà un inventaire nécessairement sommaire des moyens de défense mis en œuvre par les animaux et les végétaux, et dont beaucoup atteignent l'homme directement. Après leur attaque ou leur riposte, les premiers conservent leur pleine intégrité physique et peuvent donc la renouveler (encore que guêpes et abeilles laissent dans la peau de leur victime leur dard et leur glande à venin, ce qui laisse mal augurer de leur propre survie). Les végétaux, au contraire, sacrifient une part de leurs tissus, mais sont rarement détruits : champignons et plantes vivaces conservent dans le sol des filaments ou des racines qui autorisent leur régénérescence.

L'attaque chimique directe — active chez les animaux, passive pour les plantes — met en jeu un système de défense communément adopté par les uns et les autres : le poison. Or le poison est l'arme des faibles, au moins dans le règne animal : grenouilles et crapauds, scorpions et serpents, mygales et veuves noires, guêpes et abeilles n'ont d'autres moyens de se défendre, hormis la fuite. Et le poison n'intervient que lorsque cette issue est menacée. Rares, en revanche, sont les mammifères producteurs de poisons. Tel est pourtant le cas de l'ornithorynque mâle, capable d'injecter un venin (non mortel pour l'homme) par un éperon situé le long de ses membres postérieurs. Tel est aussi le cas de certaines musaraignes[1] susceptibles d'injecter par morsure des neurotoxines mortelles pour les petits animaux.

En ce qui concerne les plantes, le poison est présent dans tous les groupes botaniques, des plus microscopiques, comme les algues unicellulaires, aux plus grands, comme les arbres[2]. Et les algues, on l'a vu, sont parfaitement capables de transmettre leurs toxines aux poissons, ceux-ci les communiquant à leur tour au malheureux pêcheur ou consommateur qui s'en nourrit. Tel est en effet le risque couru du fait de la migration des toxines au long de ce que les écologistes appellent la « chaîne alimentaire » : les aliments eux-mêmes deviennent alors poisons !

1. Solenodon, Blarina...
2. Certaines familles, comme les euphorbiacées, les légumineuses et les apocynacées, sont particulièrement riches en poisons.

CHAPITRE 3

Empoisonnez-vous les uns les autres !

Industrieuses et butineuses, les abeilles peuvent être aussi des empoisonneuses, et pas seulement par leur venin ! Il suffit pour cela qu'elles aient par trop fréquenté des végétaux toxiques, accumulant les poisons dans leur miel et le véhiculant, par là, vers le consommateur imprudent ou innocent qui se régale à son tour de ce délice empoisonné.

La plante fournit aux pollinisateurs — ici, l'abeille — son nectar dont la composition varie naturellement d'une espèce à l'autre. Que ces espèces contiennent des toxiques, et ceux-ci risquent de passer dans le nectar, puis dans le miel. Un incident de ce genre, resté célèbre dans les annales, nous est relaté non sans humour par Pierre Delaveau[1] : il illustre les dangers d'une rencontre fortuite avec un miel d'origine inconnue. Il s'agit de l'intoxication mémorable survenue au cours de la retraite des Dix Mille,

1. Pierre Delaveau, *Plantes agressives et poisons végétaux*, Ed. Horizons de France, 1974.

telle que la rapporta Xénophon. Les Grecs de cette expédition, défaits près de Babylone au mois d'août 401 avant notre ère, refluèrent vers leur lointaine patrie en remontant le cours du Tigre jusqu'à proximité de ses sources, dans les montagnes d'Asie Mineure. Puis ils traversèrent ces massifs montagneux et voici qu'au sommet du mont Téchez, ils découvrent la ligne d'horizon barrée par le miroir des eaux de la mer Noire. Bouleversés de joie à l'idée que leur patrie est proche — quoique encore éloignée de plus de mille kilomètres ! — ils clament le fameux « *Thalassa ! Thalassa !* » (La mer ! La mer !) qui a servi à baptiser l'une des plus fameuses émissions de la télévision française... Revigorés par ce spectacle, les Grecs raflèrent les victuailles des autochtones et firent bombance... « Il ne se passa rien d'extraordinaire, écrit Xénophon, sinon qu'il y avait dans ce pays des ruches nombreuses et que les soldats qui mangèrent du miel perdirent tous la raison. Ils vomissaient, évacuaient par en bas, et personne n'avait la force de se tenir debout. Ceux qui en avaient peu mangé ressemblaient à des gens complètement ivres ; ceux qui en avaient pris beaucoup à des fous furieux ou même à des moribonds. Ils restaient ainsi nombreux, étendus sur le sol, comme après une défaite, et la consternation était générale. Le lendemain, pourtant, personne ne succomba et à peu près à la même heure, ils recouvrèrent tous la raison. Le troisième et le quatrième jour, ils purent se tenir sur leurs jambes comme s'ils sortaient d'un empoisonnement. »

De fait, c'était bien d'un empoisonnement qu'il s'agissait ! Un empoisonnement qui se reproduira d'ailleurs quatre siècles plus tard lorsque les armées de Pompée furent à leur tour victimes d'une intoxication similaire : Pline l'Ancien signale que les troupes avaient été victimes d'un miel capable d'engendrer la démence...

Des recherches menées sur les nectars et miels toxiques ont conduit à incriminer en premier lieu le fameux rhododendron d'Asie Mineure ou « rhododendron du Pont-Euxin[1] », comme disaient les Anciens. D'une manière plus générale, les miels tirés des nectars venant de plantes appartenant à la famille des rhododendrons, les éricacées, sont souvent toxiques en raison de la présence d'une substance dangereuse : l'andromédotoxine (abondante notamment chez les andromèdes).

Mais, dira-t-on, comment comprendre le langage des abeilles pour connaître la nature des fleurs qu'elles ont visitées ? Eh bien, tout simplement en examinant au microscope les grains de pollen contenus dans le miel et qui signent leur appartenance à la fleur qui les émet. Car chaque espèce de plante à fleurs possède un pollen qui lui est propre, doté d'une configuration caractéristique : lisse ou rugueux, hérissé ou mamelonné, selon des modalités qui n'appartiennent qu'à une seule espèce ; le pollen tient lieu en quelque sorte d'empreintes digitales de la fleur. Autre exemple, s'il en était besoin, de cette biodiversité qui est le trait marquant de la vie, une dans son essence, multiple dans ses formes !

Si chaque espèce de plantes à fleurs peut être identifiée avec certitude grâce à son pollen, de même, en identifiant un pollen associé à un objet d'origine incertaine, il est possible d'établir ou de confirmer l'origine présumée de cet objet. C'est ce

---

1. *Rhododendron ponticum.*

que fit notamment le criminologue suisse Max Frei en examinant les pollens trouvés sur le fameux suaire de Turin. Ces pollens semblaient corroborer l'origine du linceul, puisqu'ils appartenaient à des fleurs s'épanouissant spécifiquement au Moyen-Orient, notamment en Judée... Fait étrange : quelques années plus tard, l'identification de ce même suaire par la méthode du carbone 14 ne le faisait remonter qu'au XIIIᵉ siècle et ne lui laissait donc aucune chance d'authenticité... Mais le désaccord entre experts et contre-experts n'est-il pas le lot quotidien des grandes enquêtes criminelles ?

Les risques de voir des substances toxiques s'infiltrer au long des chaînes alimentaires sont particulièrement bien connus des chasseurs. Ainsi la chair des grives ou des lapins ayant consommé de la belladone ou de l'amanite phalloïde pose le mystérieux problème des différentiels de sensibilité à la toxicité d'une espèce à l'autre. La grive et le lapin empoisonnés ne semblent nullement incommodés par le poison qu'ils portent en eux et communiqueront à l'homme. C'est pour ce type de raisons que l'on a l'habitude de faire jeûner les escargots pendant quelque temps avant de les consommer, car ils sont eux aussi capables d'accumuler des toxiques sans en éprouver apparemment le moindre désagrément. On sait aussi que les chasseurs traditionnels qui utilisent des flèches empoisonnées prennent soin de nettoyer largement la plaie de leur gibier et de retirer ses viscères afin d'éviter tout accident.

C'est un accident de cette nature, par transfert de poison, qui advint aux Hébreux durant leur longue pérégrination dans le désert du Sinaï, tel que le relate le livre des Nombres : « Un vent envoyé par le Seigneur se leva de la mer ; il amena des cailles qu'il abattit sur le camp et tout autour, sur une distance d'un jour de marche de chaque côté du camp ; elles couvraient le sol sur deux coudées d'épaisseur. Le peuple fut debout tout ce jour-là, toute la nuit et tout le lendemain pour ramasser les cailles. Celui qui en ramassa le moins en eut dix homers[1]. Ils les étalèrent partout tout autour du camp. La viande était encore entre leurs dents, ils n'avaient pas fini de la mâcher, que le Seigneur s'enflamma de colère contre le peuple et lui porta un coup très fort. On donna à cet endroit le nom de *Qivroth-Taawa*, Tombes de la Convoitise, car c'est là qu'on enterra la foule de ceux qui avaient été saisis de convoitise[2]. »

E. Sergent, qui fut directeur de l'institut Pasteur d'Alger, trouva le mécanisme par lequel s'était réalisé le châtiment divin ; c'est encore à Pierre Delaveau qu'il appartient de nous le conter : « Le texte sacré indique clairement que les oiseaux furent consommés — et en abondance — sitôt capturés. Il donne également à entendre que les symptômes d'intoxication furent très précoces. Il faut donc éliminer toute hypothèse de viande faisandée, rendue toxique par les ptomaïnes, pour s'orienter vers un effet toxique du gibier frais... Sergent savait qu'en Algérie la chair des cailles passe pour dangereuse à certaines époques : selon des chasseurs algériens, mieux vaut s'abstenir d'en manger au printemps ; un seul oiseau peut alors intoxiquer une personne adulte. Divers désordres digestifs sont accompa-

1. Soit pas moins de 4 m^3 !
2. Nombres, XI, 31-34.

49

gnés d'une tendance à l'évanouissement et d'une grande anxiété. Parfois s'ajoutent des troubles paralytiques, avec sensation de refroidissement des extrémités. Puis les membres inférieurs se dérobent. Dans des cas exceptionnels, la paralysie progresse en remontant vers le tronc, les membres supérieurs, voire la nuque. Fait important, le sujet reste lucide, mais éprouve de grandes difficultés à s'exprimer... L'ensemble de ces signes pathologiques rappelle étrangement les circonstances de la mort de Socrate... et la toxicité de la fameuse ciguë revient une nouvelle fois à l'esprit. Que l'on songe aussi au mode d'alimentation des cailles. Elles picorent indifféremment toutes les graines qu'elles rencontrent : blé, millet, chènevis, sans dédaigner non plus baies, semences, jeunes pousses, laitue, mouron. Mais ce qu'on sait moins, c'est qu'elles font également leur régal de nombre de graines vénéneuses : belladone et autres solanacées, aconit, ellébore, ciguë... Il est donc logique de penser que les cailles consommées par les Hébreux les ont indirectement empoisonnés, car elles transportaient allègrement des molécules toxiques dans leur chair... »

De Lucrèce à Pline l'Ancien, on trouve d'ailleurs plusieurs textes d'auteurs de l'Antiquité mettant en garde contre la consommation des cailles, réputées dangereuses.

Mais, puisque notre voyage nous conduit au désert du Sinaï, ne le quittons pas sans évoquer un épisode toujours d'actualité et qui n'a pas manqué d'intriguer les naturalistes : celui de la « manne céleste ». Malgré d'innombrables hypothèses, sa nature exacte reste énigmatique. Le texte du livre de l'Exode indique que « le matin, une couche de rosée entourait le camp. Quand elle s'est évaporée, voici que la surface du désert est recouverte de quelque chose comme une croûte fine qui craque, tel le givre. Les fils d'Israël regardèrent et se dirent l'un à l'autre *"Man hou*[1]*"*, c'est-à-dire :"Qu'est-ce que c'est ?" — car ils ne savaient pas ce que c'était. Moïse dit : "C'est la nourriture que le Seigneur vous donne."[2] »

La maison d'Israël lui donna le nom de *manne* : « c'était comme de la graine de coriandre, blanc avec un goût de beignet au miel. » La manne nourrit les Hébreux jusqu'à la fin des quarante années durant lesquelles ils parcoururent le désert, à raison de trois à quatre litres environ ramassés par chacun tous les matins. Ces quantités impressionnantes laissent perplexes les botanistes en quête de quelque sécrétion végétale susceptible d'expliquer pareil phénomène. Nombreuses sont en effet les plantes exsudant un suc sucré, spontanément ou à la suite d'une piqûre d'insecte. Tel est le cas, entre autres, de certains tamaris, arbres du désert dont le liquide sécrété après une telle piqûre durcit rapidement, tombe au sol, puis est consommé par les Bédouins qui l'utilisent comme un substitut de sucre ou de miel qu'ils nomment encore aujourd'hui *man*. Un petit buisson vert et piquant, l'alhagi des Arabes[3], exsude également une sorte de suc sucré. Des sécrétions de ce type sont fréquentes chez les plantes des régions arides et fournissent en particulier les gommes arabiques ou adragantes, l'encens, la myrrhe, etc. Cependant, aucune ne saurait être produite en quantité suffisante pour

---

1. Jeu de mots qui explique le nom de *manne*.
2. Exode, XVI, 13-15.
3. L'*Alhagi Maurorum*.

nourrir quotidiennement plusieurs milliers de personnes ! La manne n'a donc toujours pas livré son mystère. Ni même son sens symbolique, puisque, selon les textes, elle est un aliment de disette, une friandise pour tromper la faim, voire un mets merveilleux venant de Dieu, à moins qu'il ne s'agisse d'une épreuve du désert qu'il faut surmonter. Bref, sur la manne, la conclusion des récipiendaires hébreux s'impose toujours : « *man hou* » — mais qu'est-ce donc ?

CHAPITRE 4

Quand les poisons deviennent médicaments

Nombreux sont les toxines et poisons qui ne possèdent encore aucun usage thérapeutique en raison tantôt de leur trop récente découverte, tantôt de leurs propriétés physiologiques inadéquates, tantôt encore d'une toxicité telle qu'elle en interdit le maniement dans le domaine des soins. Les poisons d'origine animale sont pratiquement tous dans ce cas. En revanche, les poisons végétaux ont souvent connu de longues et brillantes carrières en médecine et en pharmacie, qu'il s'agisse de molécules issues de bactéries et de champignons à propriétés antibiotiques, pour lesquelles on connaît l'engouement actuel, ou encore de substances toxiques issues des végétaux supérieurs et transformées en d'utiles médicaments.

L'exemple de l'if illustre bien la suite de processus souvent longs et complexes qui conduisent d'un poison à un médicament.

L'if est un arbre surprenant à tous égards. Conifère, il possède cependant, comme le vrai sapin, des feuilles-aiguilles d'un vert sombre et de forme intermédiaire entre les aiguilles de l'épicéa et les feuilles étalées de la plupart des arbres. Mieux encore, il ne donne pas de cône ou de « pomme », mais des sortes de baies rouges, et il se transforme à maturité en une sorte de « sapin » couvert de mille petites boules écarlates du meilleur effet. Enfin, autre curiosité botanique, les pieds d'if sont tantôt mâles, tantôt femelles, jamais les deux. Les pieds de Monsieur If donnent au printemps un pollen jaune que le moindre choc transforme en un nuage de couleur soufre, tandis que les pieds de Madame If, en tous points identiques, se parent à l'automne de petites « baies » rouges. Il faut ici mettre le mot entre guillemets, car il ne s'agit nullement de baies, mais de graines vertes enfoncées à maturité dans de belles outres gonflées d'un rouge tirant parfois sur le rose. La nature, ici encore, est bonne mère, car elle a rendu l'arbre, mâle ou femelle, tout entier toxique, hormis justement ces petites urnes rouges, de sorte qu'un enfant ne s'intoxique que s'il croque et avale la graine, non s'il consomme ce pseudo-fruit rouge si attrayant et veille à bien cracher le pseudo-noyau (la graine, précisément). Une expérience que, bien entendu, nous ne conseillons toutefois à personne...

Arbre toxique, l'if était vénéré, comme le gui, par les Gaulois. La décoction de feuilles et de graines donnait un redoutable poison de flèche, d'où son nom latin, *taxus*, dérivant du grec *toxon*, signifiant « flèche empoisonnée ». Les notions de flèche et de poison étaient en effet si intimement mêlées qu'un seul nom servait à désigner l'une et l'autre. Il fallut attendre Dioscoride, au premier siècle de notre ère, pour que le radical « *tox* » soit réservé aux seuls poisons : les toxiques. La toxicité de l'if était à ce point redoutée que le même

Dioscoride, célèbre médecin grec, chirurgien des armées de Néron, craignait d'être empoisonné s'il venait à s'endormir sous cet arbre. Plus tard, au Moyen Age, des vignerons portugais eurent la fâcheuse idée d'utiliser des tonneaux en if pour y faire vieillir leur porto ; ce fut un porto empoisonné que ses consommateurs burent au point d'en mourir. Et il fallut encore du temps pour qu'on se rendît enfin compte que c'était au bois d'if qu'il convenait d'imputer ce genre d'accidents.

Cette fâcheuse réputation a entraîné une raréfaction de l'if, moins commun aujourd'hui qu'autrefois, car de nombreuses intoxications du bétail ont incité les agriculteurs à le bannir des prairies et forêts. Mais l'if a pris sa revanche dans les parcs et les jardins : on le trouve partout, subissant avec complaisance les pires caprices des jardiniers. Grâce à son extraordinaire faculté de bourgeonnement, cet arbre plastique ne redoute pas le sécateur et supporte d'être taillé au gré de toutes les fantaisies ; il affecte alors les formes les plus inattendues : haies, bancs, pyramides, colonnades, moulins à vent, animaux, etc.

L'if croît avec une extrême lenteur : il ne dépasse pas dix mètres de haut, mais peut vivre deux mille ans. Cette longévité exceptionnelle explique sa présence dans les cimetières où ce symbole de l'éternité décimait jadis le parc hippomobile des entreprises de pompes funèbres : car les chevaux de corbillards, pour tuer le temps, se tuaient eux-mêmes en le broutant. La mécanisation de la mort est venue heureusement supprimer ce risque ; mais les ifs immobiles au feuillage toujours vert continuent à protéger, sentinelles vigilantes, le repos des défunts. Et à le protéger longtemps ! Les spécimens croissant dans certains cimetières de Normandie (Estry, La Haye-de-Routot) approchent le bimillénaire, ce qui en fait, avec leurs homologues anglais, plus vieux encore, les arbres les plus âgés d'Europe.

L'histoire de la découverte du Taxol, substance anticancéreuse et toxique de l'if, commence au début des années 60, lorsque le National Cancer Institute (NCI) organisa aux Etats-Unis un vaste programme d'évaluation de plantes afin de rechercher de nouvelles substances antitumorales. Trente-cinq mille espèces végétales — soit environ le quinzième de toutes les espèces connues — furent passées au crible pour apprécier leur éventuelle activité anticancéreuse.

C'est ainsi qu'un extrait brut d'if du Pacifique[1] donna une réponse positive sur certaines leucémies expérimentales. Les chercheurs américains en isolèrent alors le Taxol[2] dont ils établirent la structure chimique en 1971. Etant donné sa structure encore inconnue, le Taxol présentait l'intérêt particulier d'ouvrir en chimiothérapie anticancéreuse une nouvelle tête de série sans relation aucune avec les médicaments déjà utilisés. D'emblée, son exploitation se heurta cependant à un grave inconvénient : le Taxol s'extrait en effet de l'écorce du tronc des ifs, ce qui exigeait des écorçages entraînant la destruction massive de cette espèce sur la côte Pacifique des Etats-Unis. Ne fallut-il pas, en 1988, abattre 12 000 ifs pour n'isoler que 2 kg de Taxol ? Naturellement, les écologistes réagirent violemment, et l'on dut se résigner à voir les recherches industrielles et thérapeutiques en cours se retrouver

1. *Taxus brevifolia.*
2. Taxol : Lab. Bristol Myers Squibb.

dans l'impasse, faute de matière première. L'if, de surcroît, est d'une croissance très lente, on l'a vu, et il était impossible d'envisager des plantations rentables à vue humaine. Quant à la synthèse du Taxol, elle se heurtait à des difficultés quasi insurmontables en raison de la structure complexe de sa molécule.

Comme toujours dans ce genre de situation, les chercheurs se tournèrent alors vers la mise au point d'« analogues » synthétiques du Taxol. L'une des directions de recherche consista à avoir recours à l'if européen[1], et non plus cette fois à l'écorce des troncs, ce qui impliquait l'abattage des arbres, mais au feuillage. Il suffisait de prendre en compte l'extrême disposition de l'if à se laisser tailler pour récolter chaque année des contingents impressionnants de feuilles. On faisait ainsi coup double : on conservait les arbres et on assurait le renouvellement annuel de la matière première. De leur côté, les Italiens plantèrent 600 hectares d'ifs, et une équipe française de Clermont-Ferrand, animée par Jean-Yves Berthon, entreprit la culture de jeunes plants *in vitro*, ainsi que la sélection d'espèces riches en substances actives. Curieusement, ce sont les plants français qui se révélèrent les plus prometteurs ; ils devaient ensuite être cultivés dans les terres mises en jachère par la politique agricole commune de l'Union européenne.

Les recherches chimiques sur les feuilles ont simultanément progressé et de nombreux « analogues » structuraux du Taxol ont été mis au point. Une équipe de chercheurs français de l'Institut des Substances naturelles de Gif-sur-Yvette,

1. *Taxus baccata.*

conduite par Pierre Potier, a obtenu une substance voisine du Taxol, baptisée « Taxotère[1] ». Cette molécule présente un effet thérapeutique plus marqué que celui du Taxol sur les cellules cancéreuses dont elle bloque la division. Son usage clinique a confirmé ces constatations : le Taxotère possède une activité antitumorale intéressante sur les cancers du sein, de l'ovaire et du poumon, et le médicament est entré sur le marché thérapeutique en 1994.

Si le Taxotère est aujourd'hui produit industriellement par synthèse, le Taxol ne l'est pas encore. Extrait des ifs, son prix est prohibitif. Aux Etats-Unis, la vente du Taxol est autorisée depuis janvier 1993 dans la lutte contre les tumeurs ovariennes. Elle vient d'être autorisée en France pour le traitement des cancers métastasés de l'ovaire, après échec du traitement classique. Certains travaux montrent, pour le Taxol et le Taxotère, des résultats encourageants dans les cancers du sein dont le nombre ne cesse d'augmenter. Récemment, Taxol, Taxotère et divers corps voisins ont manifesté des propriétés parasiticides, notamment contre l'agent responsable du paludisme, souvent résistant aux antipaludiques classiques et qui tue encore trois millions de personnes par an de par le monde.

L'histoire de l'if constitue donc une grande épopée médicale et industrielle à laquelle la France a pris une part essentielle. Elle illustre excellemment les nombreux processus à mettre en œuvre pour passer du toxique au médicament.

---

1. Taxotère : Lab. Rhône-Poulenc Rorer.

Deuxième partie

LE LANGAGE CHIMIQUE DE LA NATURE

CHAPITRE 5

Le ballet amoureux des champignons

La sexualité gère la reproduction des êtres vivants depuis un à deux milliards d'années ! Mais, avant cela, pendant presque deux autres milliards d'années, la vie a pu se passer de toute sexualité : c'était l'ère des micro-organismes marins sans véritables noyaux cellulaires et sans reproduction sexuée.

Dans l'ensemble du monde vivant, la sexualité est réglée par des hormones, encore que le terme puisse surprendre, s'agissant des êtres les plus élémentaires qui déversent les leurs dans le milieu extérieur. Les hormones, en effet, ont d'abord été définies comme des substances sécrétées par un organisme au sein d'un organe spécialisé, puis véhiculées à travers ce dernier vers d'autres organes où elles produisent leurs effets spécifiques. En ce qui concerne les hormones sexuelles, il en va bien ainsi pour les animaux supérieurs, mais pas toujours pour les êtres inférieurs. Dans de nombreux cas, les hormones sont émises dans le milieu extérieur ; elles quittent alors l'organisme producteur et exercent leurs effets à distance sur un autre organisme de sexe indéterminé ou opposé dont elles déclenchent la mise en œuvre de la sexualité. La définition du mot « hormone » a donc été étendue par les biologistes des actions internes aux organismes aux interactions externes entre organismes, quittant de ce fait le champ de la physiologie pour entrer dans celui de l'écologie, domaine des interrelations entre les êtres vivants.

Innombrables, les hormones sexuelles à l'œuvre dans la nature sont généralement caractéristiques de l'espèce qui les produit. La plupart d'entre elles ont des structures chimiques encore inconnues, même si leur présence a pu aisément être révélée grâce à leurs effets. Il suffit, pour cela, de mettre le filtrat d'une culture ayant contenu l'organisme émetteur d'hormones en présence d'organismes de sexe opposé. En l'absence des organismes initiateurs de la sexualité, éliminés par filtration, les hormones qui sont passées dans le filtrat de culture induisent la sexualité des individus de sexe opposé.

Mais la plupart des recherches en sont restées là. Les biologistes n'étant généralement pas chimistes, les formules des hormones mises ainsi en évidence n'ont pas été établies. Elles ne l'ont été que lorsque les naturalistes étaient à la fois de bons biologistes et de bons chimistes, ou lorsqu'ils étaient de connivence avec des chimistes patentés. Dans ce cas, les recherches ont été poussées plus avant et la structure des hormones dûment établie.

Tel fut le cas, par exemple, d'un champignon microscopique et aquatique[1]. C'est de ce champignon que fut extraite et chimiquement définie

---

1. *Allomyces*.

pour la première fois, en 1966, une hormone sexuelle issue d'un micro-organisme végétal : la sirénine, liquide visqueux, incolore et inodore. La sirénine sécrétée par le gamète femelle exerce sur le gamète mâle une attraction irrésistible, à l'instar des sirènes dont les chants, selon la légende, égaraient jadis les marins.

Toujours dans le monde des végétaux inférieurs, une petite algue bisexuée[1] a également livré aux biologistes ses secrets amoureux. La sexualité de cette algue s'apparente à une sorte de ballet amoureux, ou encore à une partie de ping-pong, chaque sexe induisant l'évolution du sexe opposé jusqu'à l'accomplissement de l'acte sexuel. Dans ce groupe d'algues, les individus sont autostériles ; la fécondation croisée entre deux individus est donc de rigueur, comme chez l'homme, mais non comme chez la plupart des plantes, qui sont bisexuées. A l'état végétatif, avant que ne s'enclenche la sexualité, il est impossible, chez cette algue, de discerner le sexe d'un filament. Celui-ci n'est d'ailleurs pas génétiquement défini, puisqu'il peut réagir tantôt en mâle, tantôt en femelle, selon la force de l'affinité sexuelle du partenaire avec lequel il entre en contact. Au moment de la « puberté », en effet, quand des individus de sexe indéterminé sont mis en présence d'individus femelles, ceux-ci déclenchent chez les premiers une importante production de filaments minces et sinueux qui évolueront par la suite en organes mâles. Et voici que ces filaments induisent à leur tour la production d'autres filaments plus larges et plus épais qui, de leur côté, produiront sur d'autres indivi-

1. *Achlya bisexualis.*

dus des organes femelles : ces filaments vont s'enfler pour former une sorte de structure dense et globuleuse, l'organe femelle primitif. Lorsque les filaments mâles entrent en contact physique avec cet organe, ils se transforment en une sphère à l'intérieur de laquelle se différencient des gamètes mâles. Aussitôt après, un processus de différenciation similaire se déclenche, au niveau de l'organe femelle primitif, par la formation d'une sphère beaucoup plus grosse au sein de laquelle se forment les gamètes femelles. Après cette phase de contact intervient la fécondation proprement dite ; celle-ci s'effectue par des tubes émis par les organes mâles, grâce auxquels les gamètes mâles qu'ils contiennent vont pénétrer à l'intérieur de l'organe femelle.

Bref, ces modestes algues nous offrent un exemple particulièrement suggestif de trans-sexualité, chaque individu possédant au départ — comme le très jeune fœtus humain, qui la perd vite — la double potentialité sexuelle. Chaque organe conforte en quelque sorte son sexe par confrontation au sexe opposé : dans la meilleure logique hégélienne, il se pose en s'opposant.

Durant ce processus original de maturation sexuelle par influence des sexes l'un sur l'autre, toute une série d'hormones sont sécrétées, chacune induisant le stade suivant du processus. La première de ces hormones est aujourd'hui connue : c'est celle qui, produite par les filaments de l'individu femelle, induit l'activation et la mise en route de la sexualité chez les futurs individus mâles. Cette hormone issue de micro-organismes végétaux, baptisée « anthéridiol », car elle induit la formation des organes mâles, les anthéridies, possède une structure chimique proche de celle du cholestérol. Comme la sirénine, cet anthéridiol, porteur d'un message, constitue un véritable « vecteur » de communication entre deux filaments d'algues ou de champignons.

Venons-en aux mucors... Ceux-ci sont des champignons filamenteux qui ont inventé à la fois la partie de ping-pong et la « monosexualité » ! A la différence du cas de figure précédent, ces champignons ne présentent absolument aucune différence entre les sexes, même lorsqu'ils sont complètement formés. Il ne se constitue qu'un seul type d'organe, lequel fusionne avec un organe strictement identique à lui-même, porté par un filament d'une autre souche : d'où l'idée de monosexualité. Aussi ne parle-t-on pas de mucor mâle ou de mucor femelle, mais simplement de mucor+ ou de mucor–, étant entendu que la copulation ne peut se produire que par la rencontre de deux mucors de signe opposé mais d'anatomie identique, hors de toute différenciation mâle ou femelle.

On rencontre ici la notion classique d'hétérothalisme, propre aux champignons dont les mœurs extrêmement libérales peuvent tantôt ajourner la sexualité en ne maintenant que la croissance par allongement des filaments jusqu'aux périodes où l'environnement, faute de nourriture, devient trop défavorable pour autoriser plus longtemps cette joyeuse efflorescence, tantôt la supprimer purement et simplement (ils sont alors dits « imparfaits »), tantôt enfin la compliquer comme à plaisir en combinant hétérothalisme et différenciation sexuelle. Dans ce dernier cas, la copulation ne se produira qu'entre deux gamètes, l'un mâle, l'autre femelle, portés par des filaments de signes opposés. Le signe est défini selon le comportement des gamètes : si des gamètes complémentaires, mâles et femelles, portés par des filaments, ne copulent pas, c'est que ces filaments sont de même signe, donc incompatibles ; s'ils copulent, cela signifie que les filaments sont de signes contraires, donc compatibles. Ainsi la complémentarité naturelle des gamètes ne suffit pas à la fécondation ; il y faut la compatibilité des filaments porteurs. Portés par des filaments de même signe, les gamètes mâles et femelles s'ignorent superbement. Ce qui aboutit à distinguer quatre cas de figures possibles, comme si ces champignons avaient finalement quatre sexes et comme s'ils entendaient compenser de la sorte la grande misère sexuelle des « imparfaits » qui n'ont pas de sexe du tout !

Mais revenons à nos mucors. Quand un mucor+ et un mucor– croissent à proximité, des branches latérales se multiplient sur les filaments et se dirigent à la rencontre les unes des autres. Les extrémités de ces ramifications gonflent, et ce gonflement s'accentue encore dès qu'il y a contact réciproque. Il se forme alors un gros organe globuleux qui s'entoure d'une paroi épaisse, noire et verruqueuse, portant de nombreux noyaux. Tout le mécanisme de rapprochement est à nouveau sous la dépendance d'hormones. Le mucor– déclenche une production d'hormones chez le mucor+ qui, à son tour, sécrète des hormones spécifiques entraînant la maturation de l'organe sexuel du mucor– et ce, toujours à l'image de ces parties de ping-pong ou de tennis où les balles sont renvoyées de part et d'autre du filet. Les mucors simplifient en quelque sorte le cas de figure précédent en ne se donnant plus la peine de différencier les sexes. Une « idée » originale et, somme toute, bien dans le style et les mœurs sophistiquées des champignons.

Les organes porteurs des cellules sexuelles — c'est là l'originalité principale des mucors — sécrètent dans leur environnement aérien, et non plus aquatique, une hormone qui précipite leur fusion avec des organes de type opposé. Si, au contraire, on les met en présence d'organes produits sur des filaments de même type (deux – ou deux +), ces organes se repoussent et se fuient : ils sont incompatibles comme les filaments qui les ont produits.

Dans ces trois exemples, la régulation de la sexualité est entièrement soumise au contrôle de sécrétions chimiques qui déterminent tour à tour l'initiation, l'enclenchement, le développement et l'accomplissement de l'acte sexuel. Il en va d'ailleurs de même chez l'homme et les animaux, comme nous le verrons. La chimie, sous forme d'hormones sexuelles encore nommées « phéromones », est donc universellement présente dans la nature, et la survie des espèces lui est totalement inféodée. Ces messages chimiques sont d'une haute spécificité. La formule chimique des hormones varie d'une espèce à l'autre, la nature manifestant là aussi son immense pouvoir d'« imagination » et illustrant un des principes fondamentaux de l'écologie : l'unité dans la diversité. De formules différentes, les hormones sont appliquées au même but : le succès de la relation sexuelle. C'est en effet toujours le même acte copulatoire qui se produit en fin de processus, induisant la conception d'un nouvel individu.

La nature s'exprime donc par un langage chimique, mais un langage dont les lettres, auxquelles correspond chaque fois une hormone, sont infiniment plus nombreuses que celles de notre alphabet. Chaque groupe, voire chaque espèce, a ses hormones propres, son langage propre. Notre environnement est saturé de ces molécules, de ces « messages » dont nous n'avons pas la moindre idée et qui nous entourent sans même que nous nous en doutions. Ce langage, chimistes et biochimistes le traduisent jour après jour en isolant et en déterminant la structure chimique de nouvelles hormones. Il s'agit d'un langage codé : chaque hormone, ayant sa spécificité propre, empêche une espèce donnée de comprendre le langage des autres. C'est ici que les techniques et instruments du chercheur élargissent nos propres capacités de perception et nous permettent de décrypter la nature en découvrant des phénomènes, des messages et des médias impossibles à déceler par le seul usage de nos sens. Bref, tout est infiniment plus complexe qu'on ne le croit, et ce qui nous reste à découvrir, là comme ailleurs, est sans doute infiniment plus vaste et important que ce qui a déjà été découvert. Voilà en tout cas des considérations qui invitent à plus d'humilité les grands communicateurs de notre temps, persuadés que l'homme, grâce à l'avancée foudroyante de ses « nouvelles technologies », est seul capable de communiquer !

Mais laissons là les hormones dont un faible contingent seulement nous est connu, et retournons à l'eau, dont le mucor nous a extraits un moment, pour observer la copulation proprement dite.

Comme chez les mucors, de petites algues aquatiques[1] monocellulaires et extrêmement

1. *Chlamydomonas.*

simples effectuent leur reproduction sexuée par la fusion de cellules rigoureusement identiques et, naturellement, grâce aux hormones appropriées. Il est donc impossible d'y différencier les sexes. De minutieuses recherches ont cependant montré que la brutale attraction qu'une cellule manifeste soudain pour une autre est la conséquence d'une émission chimique. A partir d'un certain âge, et en fonction de la nourriture et du mode de vie, une cellule ordinaire atteint ce qu'on pourrait appeler sa « puberté » ; elle devient alors une cellule sexuelle et émet des substances chimiques capables d'attirer une autre cellule ayant subi la même transformation. Dans le cas présent, les cellules étant ciliées, une parade amoureuse se développe par le jeu des cils qui se rapprochent, se touchent, se reconnaissent et, s'il y a compatibilité, se soudent ; puis les contenus cellulaires fusionnent. L'ensemble du processus prend plusieurs heures en milieu entièrement aquatique.

Dans le cas plus complexe d'une algue filamenteuse[1], où l'on retrouve à nouveau la « partie de ping-pong », la reproduction commence de la même manière par l'émission en mer de cellules toutes identiques qui nagent et n'exercent aucune attraction mutuelle. Puis une cellule se fixe sur le roc. Aussitôt, d'autres cellules se précipitent vers elle, jusqu'à ce que l'une d'entre elles fusionne et la féconde, ce qui entraîne le départ immédiat de toutes les autres. On a pu montrer, là encore, que la fixation entraîne une émission chimique ; et l'on considère comme élément femelle cette cellule fixée. L'émission attire les cel-

1. *Ectocarpus siliculosus.*

lules mobiles, considérées comme mâles, qui nagent à proximité. Poussant plus avant l'analyse, on s'est aperçu que la cellule femelle fixée ne pouvait émettre sa substance attractive que s'il existait des cellules mâles à proximité. Car c'est une émission chimique issue des cellules mâles qui entraîne la fixation de la cellule femelle sur son support et induit sa propre sécrétion.

Ainsi, chez ces êtres extrêmement primitifs, aux origines mêmes de la sexualité, le subtil jeu dialectique des attirances et des répulsions mutuelles est déjà engagé. Avec lui apparaissent les risques d'échec, de déception, de frustration, de stérilité, en tout cas cette incertitude fondamentale qui semble être l'apanage et l'originalité de la sexualité — d'où les peurs et tabous qu'elle a de tout temps provoqués.

Sur le thème de l'union de deux cellules complémentaires, la vie a modulé à l'infini avec une fantaisie qui défie l'imagination. Au fur et à mesure que nous descendons l'immense fleuve de son histoire, les modalités de ces unions nous apparaissent toujours plus diverses, toujours plus riches, jusqu'aux stratégies sexuelles extraordinairement sophistiquées des orchidées[1] et à l'ultime grandeur de l'amour humain. On comprend mieux alors les inévitables exactions que la sexualité induit dans l'organisation sociale qui, dans toutes les civilisations, tend à la codifier ; car le changement, l'incertitude inquiètent ! Ces codifications, cependant, n'ont jamais pu exclure totalement les expériences marginales ; elles n'atteignent ainsi que très partiellement leur

1. Voir à ce sujet J.-M. Pelt, *Mes plus belles histoires de plantes*, Ed. Fayard, 1986.

objectif implicite, qui est de sécuriser au maximum les partenaires de cette aventure, exposés au kaléidoscope du désir, en leur faisant sentir le poids des règles édictées par la société. Que ces règles viennent à s'affaiblir ou à s'atténuer, et l'on voit aussitôt la vie reprendre son incroyable puissance de variation, comme on l'observe dans l'évolution des mœurs. Après le puritanisme du XIXᵉ siècle, qui nous a valu par réaction Freud, Reich et Marcuse, le pendule a balancé en sens inverse, ouvrant la voie à toutes les expériences, à toutes les fantaisies, mais aussi à toutes les déviations et à tous les excès. Puis il est revenu de nouveau en arrière. Partout des intégrismes resurgissent. D'étranges phénomènes de groupe, de curieuses résonances tendent à modérer le niveau de la sexualité dans toutes les démocraties occidentales, ainsi qu'en témoignent plusieurs enquêtes d'opinion. Alors que, de l'algue à l'homme, des hormones continuent d'être sécrétées, de circuler, de se diffuser, la sexualité, en Amérique et ailleurs, paraît avoir perdu le goût du fruit défendu, et c'est au tour de la continence d'émerger désormais çà et là au rang de valeur, tandis que sex-shops et cinémas porno régressent, concurrencés à présent, il est vrai, par « Internet »... Quels facteurs écologiques peuvent rendre compte de ces phénomènes maintes fois décrits ? La peur du Sida, qui tend à exercer une fonction de normalisation dans l'établissement de couples hétérosexuels ou homosexuels stables et fidèles, ne semble pas, à elle seule, à même de rendre compte de ces phénomènes, sans doute d'un autre ordre. L'homme de cette fin de millénaire serait-il l'objet d'une régulation naturelle dont les tenants et aboutissants, les causes et les conséquences lui échapperaient totalement ? Quelles forces profondes et méconnues régulent la sexualité, donc l'évolution de la population humaine ?

L'écologie sociale plaide en faveur d'une recherche active sur la nature de ces inter-relations, de ces massifs effets de groupe qui, à un moment donné, confèrent à une civilisation ou à une société une ambiance et une tonalité particulières (l'esprit de 68, la subite chute du marxisme, le refus généralisé de toutes nouvelles expériences nucléaires, etc.). Mais qu'est-ce donc qui fait l'« air du temps » ? En saurons-nous davantage à ce sujet dans dix ans ? dans cent ans ?... Pour l'instant, la chute générale du taux de fécondité humaine paraît un fait incontestable. Faut-il y voir la conséquence logique de l'accumulation dans l'environnement de molécules à effet œstrogène toujours plus nombreuses ? La dévirilisation des mâles est en tout cas un fait incontestable, et pas seulement dans l'espèce humaine...

CHAPITRE 6

Aimez-vous les uns les autres !

Se reproduire semble bien la préoccupation majeure des êtres qui peuplent la Terre. Le succès de l'opération exige l'attraction de partenaires de sexes opposés ; la nature met en œuvre à cette fin des moyens puissants et spécifiques. Puissants, car les individus sont parfois dispersés sur de vastes territoires et doivent donc être regroupés pour s'apparier. Spécifiques, car ces paires doivent naturellement compter deux partenaires de la même espèce et de sexes opposés.

Les messages destinés à l'autre sexe peuvent être de nature fort différente, comme par exemple l'odeur et le toucher lorsque les êtres entrent en contact, mais aussi l'émission de signaux sonores chez les animaux, ou lumineux comme dans les cas de bioluminescence qui concernent plusieurs milliers d'espèces. Ici, l'animal illumine la nuit, phénomène qui, chez l'homme, n'a été signalé qu'à propos de mystiques et dans des cas de phénomènes surnaturels ! Certains poissons vont jusqu'à façonner de véritables lanternes. Il s'agit toujours là de poissons d'eau de mer, car l'on ne connaît qu'un petit mollusque[1] de Nouvelle-Guinée qui soit susceptible de produire en eau douce une protéine fluorescente pourpre, une « lumière rouge » en quelque sorte. Cette bioluminescence — émission de lumière visible par un être vivant — a valeur de signal. Elle fait partie des modes de reconnaissance et de communication entre individus d'une même espèce. Cependant, les espèces qui ajoutent aux jeux hormonaux l'usage de sons et de lumières sont en nette minorité. Animaux supérieurs mis à part, la communication dans la nature reste silencieuse et secrète.

Les insectes, en particulier, ont développé la production de très nombreuses hormones sexuelles, plus généralement qualifiées de phéromones[2]. C'est dans le monde des papillons qu'elles ont été le mieux étudiées. La puissante attraction qu'exercent les femelles de papillons sur leurs partenaires avait été observée dès le XVIIIe siècle par plusieurs naturalistes, dont Ferchault de Réaumur. Mais c'est à un grand naturaliste français du XIXe siècle, Jean-Henri Fabre, que revient le mérite d'avoir effectué les premières expériences à caractère réellement scientifique. Fabre a travaillé sur un papillon lié au chou, appelé pour cette raison piéride du chou[3]. Il montre qu'un papillon femelle peut attirer un mâle de son espèce à plusieurs kilomètres de distance. Mais cette puissante attirance dispa-

1. *Latia*.
2. Les informations relatives aux phéromones des insectes sont extraites pour une large part de deux ouvrages de M. Barbier : *Introduction à l'écologie chimique*, Ed. Masson, 1976, et *Les Phéromones : aspects biochimiques et biologiques*, Ed. Masson, 1982.
3. *Pieris brassicae*.

raît totalement si la femelle est placée sous cloche de verre. En revanche, fixée sur une matière poreuse, l'odeur de la femelle possède la même force attractive que la femelle elle-même, et l'on voit alors les mâles se précipiter sur ce leurre chimique. Fabre démontre ainsi l'importance de l'odeur, elle-même en relation avec l'émission de molécules chimiques à longue distance. Ce qui explique notamment que, chez cette espèce comme chez beaucoup d'autres, le mâle rejoint sa femelle en volant contre le vent, qui lui apporte la phéromone appropriée. Fabre a également montré que le récepteur des molécules émises est l'antenne. Des mâles ayant subi l'ablation de cet organe deviennent parfaitement incapables de repérer la femelle, même à courte distance. Ce sont donc les antennes qui jouent le rôle essentiel dans le captage du message chimique délivré par la femelle. Enfin, le contact étant établi entre les deux sexes, Fabre montre l'existence d'un autre aspect de l'activité de la phéromone : un frémissement de la femelle produisant un effet aphrodisiaque...

Les *Souvenirs entomologiques* de Fabre[1] ont jeté les bases des connaissances modernes sur les phéromones il y a déjà plus d'un siècle. Cependant, ce domaine d'investigation scientifique n'a connu qu'un développement récent dans la mesure où l'isolement des phéromones et, plus encore, l'établissement de leur structure chimique exigent des moyens techniques qui n'ont été disponibles que depuis quelques décennies.

1. Jean-Henri Fabre, *Souvenirs entomologiques : étude sur l'instinct et les mœurs des insectes*, Ed. Yves Delange-Laffont, 1989, 2 vol.

Les prodigieux travaux développés par le chimiste suisse Butenant, prix Nobel, sur les femelles du papillon du ver à soie[1], ont apporté des éclaircissements complémentaires sur le mode d'action des phéromones de lépidoptères. Dans cette famille, les femelles portent à l'extrémité du corps une glande odorante presque invisible, sans laquelle elles perdent tout pouvoir d'attraction sexuelle. Par contre, la glande, isolée, attire fortement les mâles, qui tentent même de s'y accoupler ! Préfiguration d'une sorte de fétichisme ? Notons que chez le papillon, il ne s'exerce pas vis-à-vis d'un volume ou d'une forme, mais d'une simple odeur, et que certaines orchidées, par exemple, font déjà beaucoup mieux en la matière, leurs fleurs simulant purement et simplement une femelle, formes et odeurs comprises !

Ici nous est donnée à mesurer l'extrême importance des odeurs dans la nature. De ces millions d'odeurs que nous ne percevons pas, émises par de multiples espèces, destinées à des appareils détecteurs d'une extrême sensibilité et en comparaison desquels notre nez ferait bien piètre figure s'il prétendait jamais entrer en concurrence avec eux !... Emetteur/récepteur : les deux pôles de la communication sont en place et fonctionnent dans la nature depuis des centaines de millions d'années. Avec une sensibilité et une spécificité infiniment plus grandes, pour ce qui concerne les insectes, que ce qu'il en est pour notre propre espèce.

Au cours de recherches qui sont restées des modèles du genre, Butenant et ses collabora-

1. *Bombyx mori.*

teurs ont isolé dès 1961 la première phéromone sexuelle de papillon femelle à partir du ver à soie, le bombyx du mûrier. Pour ce faire, il utilisa un million de cocons, fournis par les industriels de la soie, qui débouchèrent sur l'obtention de 300 000 femelles dont il ne réussit à extraire que… 3 milligrammes de substance active ! Cette dose infinitésimale ne suffisant pas pour entreprendre les expériences prévues, une seconde opération d'isolement fut mise en œuvre, cette fois à partir de 500 000 femelles dont les glandes furent extirpées une à une par dissection. Ce travail de Romain (ou de bénédictin…) produisit cette fois 12 milligrammes de bombycol, la substance active.

Cette substance présente une affinité extrême avec les antennes du bombyx mâle qui sont susceptibles de la percevoir — on n'ose dire la renifler — à une dose inférieure à mille milliardièmes de gramme par millilitre, quantité quasi homéopathique. Les lois de la chimie nous enseignent qu'à cette dose, il ne reste plus environ que 2 500 molécules par millilitre. Or, on connaît la structure de l'antenne du ver à soie mâle, qui est recouverte de poils de nature poreuse, parcourus à l'intérieur par de fines terminaisons nerveuses, simples ou ramifiées. L'antenne est un capteur très élaboré, avec ses poils attrape-poussières — attrape-bombycol ! — et ses ramifications mobilisés pour la seule détection des molécules portées par le vent. Lorsqu'il remue ses antennes et que nous pensons, à le voir faire, qu'il s'amuse à agiter ces étranges organes, le papillon ne fait rien d'autre que « tâter » le vent !

Le ver à soie possède environ 16 000 ponctuations sensibles *(sensilia)* par antenne. Compte tenu de ce nombre de récepteurs et de la dilution maximale du bombycol, il apparaît que le contact d'*une seule* molécule avec une antenne est susceptible de déclencher l'attraction. Bref, le système est simple, mais d'une spécificité et d'une sensibilité extrêmes. Rien n'empêche d'imaginer qu'un bombyx femelle installé à Paris au sommet de la tour Eiffel puisse attirer à lui, dans la mesure où les vents d'ouest sont dominants, un mâle de même espèce juché sur une coupole du Sacré-Cœur ! A moins que, comme probable, la pollution de l'air parisien ne vienne perturber son système détecteur...

Les blattes sont encore plus performantes que le ver à soie : elles détiennent pour l'heure le record de sensibilité, le mâle réagissant à une dilution de l'ordre de cent mille milliardièmes de gramme par millilitre ! Un record qui ne demande qu'à être battu...

On connaît aujourd'hui les phéromones de nombreux lépidoptères. On a même pu mettre en évidence des systèmes plus complexes que ceux du ver à soie, faisant jouer synergies et antagonismes. Ainsi la si gentiment nommée « Tordeuse des bourgeons de l'épinette[1] » produit une phéromone sexuelle sous deux formes chimiques : une forme oxydée (aldéhydique) et une forme réduite (alcool correspondant). La seconde est l'inhibitrice naturelle de la première. Le jeu de ces deux phéromones couplées, dont les propriétés se neutralisent, permet sans doute une habile régulation du *sex-appeal*, plus ou moins intense selon que l'une ou l'autre forme domine. Mais les choses se compliquèrent encore lorsqu'on découvrit que diverses espèces produisaient dans leurs glandes

---

1. *Choristoneura fumiferana.*

plusieurs phéromones agissant en synergie. Tel est le cas d'un papillon dont les chenilles dévastent les forêts nord-américaines[1].

De là à penser que toutes les phéromones ne sont pas absolument spécifiques, il n'y avait qu'un pas... qui fut franchi. Dans plusieurs cas, on a démontré que cette spécificité faisait défaut et que plusieurs espèces d'insectes avaient parfois recours au même cocktail chimique, avec sans doute des gammes de sensibilité différentes pour contrarier les risques de fécondation croisée entre espèces, ce dont la nature est réputée avoir horreur (tout au moins le dit-on !). Quoi qu'il en soit, comme on le voit avec des phéromones multimoléculaires, la nature, qui a toujours plus d'un tour dans son sac, a tout aussi horreur de se laisser enfermer dans nos simplifications didactiques.

Les phéromones de certains lépidoptères[2] présentent encore d'autres particularités. En fabriquant des composés de synthèse très voisins de la structure chimique de la phéromone, et en les lui substituant, on constate une chute rapide de l'activité sexuelle. A l'inverse, l'addition à la phéromone d'autres corps chimiques, également de structure proche, peut accroître cette activité, alors même que ces substances sont inactives par elles-mêmes. Elles ne manifestent en somme une activité qu'ajoutée à la phéromone, et, dans ce cas, le mélange obtenu est plus actif que la phéromone à elle seule. Belle démonstration, si rare et précieuse en biologie, de l'aphorisme de Pascal

1. *Archips semiferanus.*
2. *Argyrotenia velutinana* et *Choristoneura rosaceana.*

selon lequel « le tout est plus que la somme des parties » !

Ce jeu subtil des synergies et des inhibitions se retrouve également chez les hyménoptères. On sait que chez les abeilles, des ouvrières, attirées par la substance royale des reines, lèchent le corps de celles-ci et ingurgitent ainsi des substances actives, parmi lesquelles cette fameuse substance dont la structure chimique est aujourd'hui connue. Par ce procédé, la reine se réserve l'exclusivité de la ponte, la substance royale bloquant le cycle ovarien des ouvrières. Cette même substance inhibe la construction de cellules royales, condamnant les ouvrières à n'édifier que les alvéoles ordinaires de la ruche. Enfin, la substance royale contribue à attirer les mâles vers la reine lors des rares sorties de cette dernière.

Voilà donc une phéromone qui exerce tout à la fois un rôle social et un rôle sexuel. Ici encore, les phénomènes de synergie jouent à fond, car la substance royale est d'autant plus active qu'elle est accompagnée d'autres constituants issus des glandes mandibulaires de la reine. Ces mélanges présentent la particularité que leurs constituants — notamment des acides — n'ont aucune efficacité lorsqu'ils sont utilisés à l'état pur, et ne manifestent leur activité que dans des formules synergétiques. Preuve à nouveau — c'est trop peu dit pour ne pas mériter d'être répété — que le tout est bien plus que la somme des parties.

L'attraction qu'exerce la substance royale est ensuite transmise à d'autres ouvrières qui pratiquent entre elles une sorte de bouche-à-bouche, après avoir léché la reine, pour communiquer à toute la colonie les phéromones ainsi prélevées. Autre mode spectaculaire de communication et de transmission de messages chimiques : on colporte la substance royale comme on chuchote des nouvelles...

Les choses se compliquent encore avec l'émission, chez les lépidoptères, de substances aphrodisiaques découvertes en 1967. Est définie comme aphrodisiaque toute substance émise par le mâle ou la femelle, préparant le partenaire de sexe opposé à l'accouplement après que la paire a été formée par l'action des phéromones sexuelles ou de tout autre moyen. Dans certains cas, les phéromones sexuelles peuvent d'ailleurs produire les deux effets, attracteur et aphrodisiaque. Mais, chez certains papillons[1], les mâles possèdent à l'extrémité de leur abdomen une touffe de poils odorants qui se déploie à l'approche de la femelle et dont les émanations ont pour effet de favoriser la copulation. A partir de cet organe, une substance odorante est émise, qui inhibe les femelles en vol, les conduit à se poser aussitôt et à se laisser facilement approcher par le mâle. Ce dernier est attiré par diverses espèces de plantes où il puise des molécules « matières premières » à partir desquelles il fabrique phéromones et aphrodisiaque.

Le mâle d'une blatte[2] manifeste aussi, à l'approche de la femelle, une attitude singulière : les préliminaires se traduisent par des contacts antennaires qui conduisent le mâle à lever les ailes, posture caractéristique qui précède l'accouplement ; le corps des femelles est lui-même enduit d'une cire dont la structure a été identifiée et qui agit comme aphrodisiaque.

1. *Danaïs.*
2. *Blatela germanica.*

Il advient que les aphrodisiaques émis par des papillons soient responsables du dégagement d'un parfum perceptible par l'homme. De même utilise-t-on en Asie comme condiment la poudre d'un coléoptère aquatique mâle[1] à l'odeur caractéristique.

Bien entendu, l'homme tente de détourner à son profit ces fines stratégies de la nature, comme il le fit naguère avec la découverte et l'utilisation des antibiotiques. Ainsi les phéromones servent-elles de piège permettant d'évaluer le volume des populations d'insectes afin de déterminer l'époque la plus favorable à l'utilisation des pesticides et les quantités optimales à mettre en œuvre. Ces modes de contrôle biologique du volume et des fluctuations de population exigent cependant un maniement très fin de ces molécules, en raison de l'extrême sensibilité des insectes ; une dose trop importante risque de dérouter les mâles qui, littéralement enivrés, ne savent plus où donner de la tête et finissent par se laisser mourir.

Si les phéromones n'ont pas encore connu un effort de commercialisation systématique, si elles ne sont pas encore utilisées à grande échelle dans les stratégies de lutte biologique, elles représentent néanmoins une piste de recherche incontestable et prometteuse.

Il arrive que, dans certaines espèces, ce soient les mâles, cette fois, qui attirent les femelles. Chez les bourdons, par exemple, les glandes odorantes aboutissent aux mâchoires. En mastiquant les feuilles basses des arbres et en déposant ces marques odorantes à intervalles réguliers sur un

1. *Belostoma indica.*

cercle d'environ une centaine de mètres qu'ils ne cessent de parcourir durant une journée entière en rafraîchissant sans cesse ces marques par de nouvelles et permanentes mastications, ils établissent une sorte de réseau attractif auquel finissent par se laisser prendre les femelles. Chaque espèce de bourdon émet sa propre odeur et choisit ses propres marques : variations dans le choix des espèces végétales mastiquées ou dans le parcours entre la base et la cime des arbres. Ainsi les niches écologiques diffèrent-elles entre espèces, comme diffèrent également les substances chimiques émises par chacune d'elles.

Dans le cas d'un parasite de la canne à sucre[1], c'est aussi le mâle qui attire la femelle. Il émet pour cela deux phéromones, l'une à base de vanilline à forte odeur de vanille, l'autre de structure chimique plus complexe : l'eldonolide. Dès qu'il parvient à la vie adulte, après métamorphose, le mâle émet ces substances au milieu de la nuit ; il adopte en même temps une « posture d'appel » : ses ailes vibrent et deux touffes de soies se déploient à l'extrémité de son abdomen. La femelle, stimulée à distance par l'eldonolide, s'empresse d'escalader les tiges de canne à sucre. La deuxième substance à base de vanilline, à propriété fortement aphrodisiaque pour elle, n'agira que lors du contact avec le mâle qui l'émet par ses touffes de soies. Arrivée près du mâle, la femelle se met à son tour à faire vibrer ses ailes. Les deux insectes sont alors prêts, et la copulation a lieu. Celle-ci exige donc pour réussir la stimulation successive de l'odorat, grâce aux deux phéromones, l'une agissant à distance, l'autre à proxi-

1. *Eldana saccharina.*

mité ; le toucher, par le contact sexuel ; l'ouïe, par le bruissement des ailes ; enfin la vue, car dans l'obscurité totale, cette espèce est incapable de se reproduire !

Le comble de la ruse est naturellement qu'un insecte se laisse piéger par un mime simulant l'odeur de ses propres phéromones. C'est ce qui se passe avec les orchidées. Ainsi les gorytes mâles sont-ils attirés par un pétale modifié des fleurs d'ophrys, le labelle, qui ressemble étrangement au partenaire femelle de ces insectes. Ces labelles mimétiques, faux insectes, ressemblant à s'y méprendre aux gorytes, poussent même la ruse jusqu'à émettre un mélange de substances de composition voisine de celle des phéromones de ces insectes. Il en résulte une tentative de copulation stérile, ou « pseudo-copulation » — car un insecte, fût-il pollinisateur, donc porteur de pollen, ne saurait évidemment féconder une orchidée ! Mais, en même temps, dans la mesure où le mâle fréquente assidûment les mimes femelles, ses gesticulations amoureuses induisent le transport du pollen d'une fleur visitée à une autre, et ces fleurs d'ophrys sont donc ainsi chimiquement inféodées aux gorytes qui seuls peuvent les polliniser !

Curieux exemple, là encore, de fétichisme et de ruse, qui n'est pas sans évoquer l'attrait des poupées infécondables des sex-shops sur certains hommes « en manque » !

CHAPITRE 7

Mangez-vous les uns les autres !

Le besoin alimentaire exprime la plus contraignante des lois de la vie, commune à tous les vivants, des virus à l'homme. Que la nourriture vienne à manquer, et l'on voit se mettre en place divers dispositifs de riposte et d'adaptation. Les champignons produisent alors des spores, et, si les conditions sont très sévères, des œufs par reproduction sexuée. Ces organes de résistance sont protégés par des membranes épaisses qui leur permettent d'attendre des conditions favorables pour germer. Même stratégie, mais à un niveau d'organisation très supérieur, pour les graines qui entrent en dormance et peuvent, quand les conditions favorisent leur conservation, attendre dans certains cas plus de mille ans pour germer ! Quant aux animaux, beaucoup hibernent, économisant ainsi leurs forces pour le printemps à venir. Ainsi se vérifie à leur propos le célèbre adage « Qui dort, dîne »...

A l'inverse, une pullulation est souvent signe d'une quantité abondante de nourriture : un ver mort sur le sol conduira une seule bactérie à se diviser des millions et des millions de fois ; mais la prolifération cessera dès que la nourriture sera totalement consommée.

Ces faits illustrent la plus ancienne des lois communes à l'économie et à l'écologie, exprimée par Malthus au début du siècle dernier. Elle postule que le volume des populations exprime les quantités de ressources disponibles. Que celles-ci diminuent, aussitôt la démographie s'effondre. Une loi qui, hélas, ne cesse d'être à la fois corroborée et contestée par la situation des pays les plus déshérités du tiers monde : les famines ou la malnutrition continuent d'y éliminer chaque année des centaines de milliers d'individus, alors que des surplus alimentaires s'accumulent ailleurs (où, paradoxalement, l'abondance et le bien-être suscitent une modération, voire une régression de la natalité).

Concernant les mœurs alimentaires, on distingue, comme chez les médecins, des « généralistes » et des « spécialistes ». Les premiers sont capables de s'alimenter à des sources diverses : ce sont les omnivores ; ils disposent d'une riche panoplie d'enzymes capables d'attaquer une grande variété d'aliments ; mais ils paient le prix de cet équipement enzymatique lourd en se développant généralement moins vite que les « spécialistes ». Ceux-ci, adaptés à une seule nourriture, connaissent des pullulations rapides dès lors que cet aliment est largement disponible (criquets dévoreurs de feuilles, ou doryphores amateurs de pommes de terre).

De nombreuses stratégies sont mises en œuvre pour protéger les ressources alimentaires d'une espèce en les soustrayant à l'appétit des prédateurs et compétiteurs. C'est ainsi, par exemple, que les bactéries et les champignons du sol défendent et protègent leur territoire par la production d'antibiotiques qui empêchent le développement de concurrents. C'est d'ailleurs en reprenant à son compte cette stratégie que l'homme utilise les antibiotiques élaborés par des souches sélectionnées à cet effet, lesquelles bloquent la prolifération de bactéries ou de champignons concurrents et pathogènes au sein de son propre organisme. Mais l'antibiose n'est pas une exclusivité des micro-organismes. Nombreux sont les arbres ou les herbes qui protègent leur territoire par des sécrétions ou des excrétions toxiques pour les autres plantes, voire pour les insectes. De tels végétaux qui font ainsi souffrir les autres sont qualifiés d'« allélopathiques ». Aucune graine ne parvient à germer dans ces ambiances délétères. C'en est à tel point que de petites herbes — comme la piloselle[1] — finissent par se contrarier mutuellement et en viennent à s'empoisonner les unes les autres par excès de leur sécrétion : c'est la version végétale du suicide[2].

Poursuivons notre excursion parmi les champignons filamenteux, et venons-en à ceux que l'on appelle couramment les champignons. Leurs chapeaux résultent d'une curieuse agrégation de filaments formant un fin feutrage dans le sol. Ceux-ci s'agglutinent les uns aux autres, puis émergent sous forme de chapeaux, communément désignés, justement, sous le nom de champignons. Car le langage populaire ignore la vie secrète des

1. *Hieracium pilosella.*
2. On se reportera utilement à ce sujet à *La Vie sociale des plantes*, Ed. Fayard, 1986, où J.-M. Pelt développe longuement les phénomènes allélopathiques dans le chapitre « Guerre et affrontement chez les plantes ».

filaments cachés dans le sol. Lorsque la croissance est entièrement achevée au niveau de la production de ces filaments, c'est leur agrégation qui permet l'apparition extrêmement rapide, dans des conditions climatiques favorables, de ces « chapeaux » : d'où leur éclosion et leur prolifération soudaines dans une prairie ou une forêt en une seule journée d'automne. Après l'agrégation des cellules, qui marquent le passage des êtres monocellulaires aux pluricellulaires, voici donc, chez tous les champignons supérieurs, l'agrégation des filaments, autre phénomène de coalescence et de socialisation dans la nature.

A un niveau supérieur d'organisation des êtres vivants, les insectes ont fait l'objet de nombreuses recherches portant sur leur régime alimentaire. Celles-ci ont notamment montré que l'insecte, ou ses larves, sont capables de procéder à de véritables choix. Ainsi, par exemple, des larves d'agria sont disposées sur une surface contenant quatre régimes alimentaires différents ; au bout de quelques jours, on peut constater qu'une grande majorité de ces larves se concentrent sur le régime qu'une expérimentation séparée a révélé être le plus favorable : l'insecte fait donc son choix. La découverte de la nourriture la plus favorable entraîne des modifications dans la locomotion de la larve. Après ingestion de cette nourriture, les déplacements diminuent ; rassasiée, la larve s'apaise, se sédentarise, si bien que la densité de ses congénères finit par augmenter sur la nourriture convenable, tandis que les autres aliments sont délaissés ; les larves égarées dans ces secteurs continuent d'errer jusqu'à ce qu'elles finissent par trouver la nourriture adéquate. En somme, les larves ne s'agglomèrent que sur les régimes qui leur sont le plus favorables. Leur choix fait, c'est après ingestion de la nourriture qu'elles ralentissent leur locomotion si celle-ci leur convient. Elles sont freinées et même arrêtées par leur prise de nourriture.

Aucune expérience n'a pu démontrer que le choix effectué par les insectes était conditionné par les substances nutritives majeures contenues dans leur repas. Si les matières sucrées d'origine végétale sont les aliments le plus universellement acceptés, les insectes étant friands de sucreries, il en va de même des amino-acides, des vitamines, des stérols, etc. Mais la large distribution de tous ces composés dans le règne végétal leur ôte toute valeur spécifique dans l'induction du rapport alimentaire insecte/plante. Il n'en va pas du tout de même des substances végétales dites secondaires. Celles-ci, généralement présentes à faibles doses dans les plantes-aliments, sont de nature plus ou moins spécifique pour une plante donnée. Elles sont donc très inégalement réparties, et en quantités variables, dans le règne végétal. Elles agissent de manière spécifique sur la sélection de la nourriture en tant qu'agents d'attraction ou de répulsion.

D'innombrables exemples ont mis en évidence ce type de relations entre telle espèce d'insectes et tel agent chimique présent dans une plante, lequel détermine ou interdit l'établissement du rapport alimentaire. En revanche, dans ce jeu des coadaptations entre les insectes et leurs plantes-nourriture, les aspects morphologiques de celles-ci ou de ceux-là ne semblent tenir aucune place.

On a pu très finement décortiquer les appétences alimentaires du ver à soie — toujours lui ! — et mettre au jour la nature des substances qui l'attirent sur le mûrier. Quatre substances odorantes guident son vol à distance et l'amènent à proximité d'une feuille sur laquelle il atterrit[1]. Une autre substance intervient alors, qui stimule l'animal à mordre dans cette feuille[2]. Enfin, trois autres substances[3] le stimulent à avaler la nourriture qu'il a prise. Au total, ce sont donc huit substances différentes qui régissent la prédation chez cette espèce hautement évoluée mais qui n'existe plus à l'état sauvage dans la nature.

Le cas du ver à soie est particulièrement complexe, puisqu'il met en jeu une véritable collection de substances ; dans maints autres cas, une seule substance intervient comme attractant ou comme répellant.

Les larves d'un papillon déjà rencontré, la piéride du chou[4], ne peuvent se nourrir que d'un régime contenant du soufre, matière première accumulée dans toute la famille des crucifères à laquelle appartient le chou. En l'absence de ces corps soufrés spécifiques, l'alimentation du papillon est laborieuse et aléatoire. Autre exemple : les belles chenilles du papillon Ajax ne se nourrissent que sur les ombellifères, car ces plantes contiennent deux substances spécifiques[5] ; que l'on imprègne un papier de ces substances, et les chenilles l'ingèrent aussitôt. L'appétence, excitée par ces substances « phagostimulantes » (qui excitent l'appétit), peut dans certains cas conduire l'insecte à sa perte. Ainsi d'une mouche particulièrement gloutonne[6] : ses

---

1. Citral, acétate de linalyle, linalol, acétate de terpinyl.
2. Bêta sitostérol.
3. Cellulose, silicates, phosphates.
4. *Pieris brassicae.*
5. Méthylchavicol et carvone.
6. *Dachus dorsalis.*

mâles sont puissamment attirés par une substance proche de celle qu'utilisent les dentistes
pour élaborer leur ciment dentaire : le méthyl
eugénol. Celle-ci est libérée par plusieurs plantes
hôtes de ce parasite et, en particulier, par les
grandes et belles fleurs de la casse[1]. A doses très
faibles, allant d'un dix millième à un cent millionième de gramme, ce composé déclenche un
comportement alimentaire intempestif qui ne
cesse, comme dans le film *La Grande Bouffe*, que
lorsque les insectes éclatent littéralement sous la
pression des aliments ingérés !

Mais ces effets ne sont pas toujours dus à un
composé simple et aisément identifiable. Fréquemment, les substances stimulant l'appétit des insectes regroupent un complexe de substances
diverses, comme on l'a vu dans le cas du ver à soie.
La présence d'un sucre, notamment, est souvent
nécessaire ; il augmente l'effet « phago-stimulant ».

A ce propos, une remarque capitale : les mélanges de substances, comme chez le ver à soie,
possèdent une activité alors même que chacune
d'elles, prise isolément, n'en exercerait aucune.
C'est là, semble-t-il, une loi de la biologie encore
trop méconnue ; elle va à l'encontre du réduction-
nisme ambiant qui tend à vouloir isoler de
n'importe quel mélange actif « la » substance
active. Comme si un mélange ne pouvait tenir ses
propriétés que d'une seule, voire de quelques substances actives ! Or, il n'en est rien. Nous retrouvons pour la troisième fois[2], dans cet exemple,
l'adage déjà cité selon lequel le tout est plus que

1. *Cassia fistula.*
2. *Cf.* l'activité des phéromones de papillons et des produits
d'accompagnement de la substance royale des abeilles.

la somme des parties. Des propriétés nouvelles et spécifiques naissent de la complexité, fût-ce même de l'association d'éléments tous inactifs lorsqu'ils sont pris isolément. Observation déconcertante qui prend notre logique cartésienne à rebours et que bon nombre de scientifiques s'obstinent à méconnaître !

Tel semble être aussi le cas de nombreux médicaments végétaux sans « substance active » nettement décelable, mais néanmoins actifs grâce à un *totum* de substances agissant en concertation. Les feuilles d'artichaut tirent leurs propriétés diurétiques et hépato-protectrices de faits de cette nature : bon nombre de leurs constituants sont parfaitement inactifs pris isolément, mais deviennent fortement actifs en mélange[1]. Au demeurant, dans ce même ordre d'idées, que serait un vin sans les « congénères » de l'alcool qu'il contient et qui déterminent ses qualités organoleptiques ? Simplement de l'alcool à 11° ou 12°...

Pour en revenir à nos insectes, on distinguera d'abord, selon leur régime alimentaire, des insectes « monophages », exclusivement inféodés à une espèce de plantes qui les attire irrésistiblement. Que cette espèce vienne à disparaître, et ils courent le risque de disparaître à leur tour. Plus avisés sont les « oligophages », qui visitent plusieurs espèces de plantes à capacités chimiques affines et dans lesquelles ils trouvent le même attractant, le même phago-stimulant. Viennent enfin les « polyphages », aux goûts plus éclectiques et plus larges encore. Mais la réalité

---

1. *Cf.* à ce sujet, J.-M. Pelt, *La Médecine par les plantes*, Ed. Fayard, 1986.

est sans doute moins rigide que ne le laisserait supposer ce classement didactique : d'une catégorie à l'autre, il existe des capacités adaptatives plus importantes qu'on ne le pense généralement lorsqu'on range un insecte dans telle ou telle rubrique.

Un cas typique d'oligophagie est celui du doryphore qui ne se nourrit que de quelques espèces de la famille des solanacées. Originaire d'Amérique du Nord, il n'a réussi à s'adapter, en Europe, qu'à certaines de ces plantes comme la douce-amère[1], mais continue à refuser la morelle noire[2]. Les botanistes ont qualifié de xénophobe l'attitude du doryphore à l'égard de cette morelle noire, plante étrangère pour lui et à laquelle il ne touche pas, et de xénophile l'intérêt qu'il porte à la douce-amère, espèce qui n'est pas davantage originaire de son pays, le Colorado, à la différence des dix solanacées nord-américaines avec lesquelles il avait organisé sa vie avant de migrer en Europe. Et il est bien plus xénophile encore à l'égard des feuilles de pomme de terre qu'il dévore, comme chacun sait, à belles dents ! Heureusement — pour les plantes, sinon pour les insectes —, la xénophilie est ici plus rare que la xénophobie ; la plupart des insectes restent attachés à leur nourriture d'origine et délaissent celle que pourrait leur fournir leur nouvelle patrie. Tant mieux pour les plantes, car l'amour dont il est question ici « dévore ce qu'il aime »... comme nous aimons le lard ou la choucroute !

Il semble même que certaines espèces de solanum soient franchement néfastes au dory-

1. *Solanum dulcamara.*
2. *Solanum nigrum.*

phore : il en est ainsi d'une solanacée[1] que l'on crut un moment pouvoir utiliser comme substitut à la pomme de terre et qui eût ainsi été naturellement protégée ; mais cette plante produit des tubercules beaucoup plus petits et donc sans grand intérêt. Hybridée avec la pomme de terre, elle donne un légume à tubercules légèrement plus gros, mais pas encore assez. Cet hybride reste toxique pour le doryphore, ce qui eût constitué un avantage certain s'il avait, par ses autres caractères, réussi à détrôner la pomme de terre. Tel ne fut pas le cas.

On conçoit l'aubaine que fut pour les doryphores leur débarquement en Europe, après une traversée de l'Atlantique en tant que passagers clandestins de quelque fret. A peine débarqués, ils rencontrèrent la pomme de terre récemment cultivée. Leur population se multiplia alors sur ce nouvel hôte que l'homme mettait obligeamment à leur disposition. On peut imaginer la jubilation de l'envahisseur, suivie de sa croissance et de sa reproduction intenses ! A compter de cet instant, l'insecte nouveau venu, compétiteur de l'homme vis-à-vis de ses plantes utiles, donc traité en nuisible, dut subir les stratégies d'éradication mises en œuvre pour l'éliminer. Comment ne pas laisser ici la plume à Jean-Pierre Cuny[2] qui, avec un humour alerte, relate en ces termes les rapports orageux du doryphore et de la pomme de terre : « En 1922, il émigre [d'Amérique]. Il embarque clandestinement sur un navire et se retrouve à Bordeaux. En 1931, il est aux portes de Paris... En 1941, le doryphore envahit l'Allemagne ! 1946 : non

1. *Solanum demisum.*
2. Jean-Pierre Cuny, *L'Aventure des plantes*, Ed. Fixot, 1987.

seulement toute l'Allemagne est occupée, mais, au mépris de la neutralité, le doryphore s'attaque à la pomme de terre suisse. 1951 : il envahit la Pologne et la Tchécoslovaquie. 1956 : il tient l'Espagne. 1960 : faisant mieux sur ce point que Napoléon et Hitler, le doryphore arrive en Sibérie. 1963 : comme eux, par contre, il renonce à l'Angleterre. 1964 : pas plus que Mussolini, il n'a réussi en Grèce, mais il occupe déjà tout le nord de l'Italie. 1970 : voilà qui peut consoler Napoléon, le doryphore n'est toujours pas en Corse. Presque partout ailleurs en Europe, la pomme de terre est aux abois. »

Pour parer à ces attaques, de multiples stratégies furent déployées, la plus simple étant encore celle de mon enfance : le ramassage des doryphores par les gosses des écoles. De bons résultats ont aussi été obtenus par les insecticides extraits de végétaux ou synthétisés selon des modèles naturels. L'homme reprend ici à son compte les armes forgées par la nature qui a doté certaines espèces de plantes de puissants moyens chimiques.

A l'inverse des mécanismes chimiques qui attirent les insectes vers les plantes dont ils se nourrissent, il existe en effet des facteurs également chimiques qui dissuadent les insectes de s'alimenter à telle ou telle espèce : ce sont les « phago-répulsants », équivalents dans le règne végétal de nos modernes « coupe-faim ». Le melia, ou lilas des Indes, très bel arbre du Moyen-Orient, en est le prototype. Ses inflorescences sont des thyrses, sortes de grappes dressées comme celles du vrai lilas et dont s'enorgueillissait Dionysos, qui les portait à la main. Le melia s'est fait la flatteuse réputation de n'être attaqué par aucun insecte parasite. Ses graines contiennent en effet une substance chimique[1] qui se révèle être un très puissant dissuasif à l'égard des insectes ; son action se manifeste déjà à la dose extrêmement faible de 0,1 partie par million, de sorte que la plante a été utilisée avec quelque succès comme insectifuge[2].

Naturellement, les choses ne sont pas aussi tranchées qu'il y pourrait paraître : on connaît des plantes qui stimulent l'appétit de certains insectes et le coupent littéralement à d'autres. Parmi les phago-répulsifs très puissants et à effet définitif — ils dégoûtent définitivement le consommateur —, on peut citer une substance[3] contenue dans une petite herbe qui ressemble à la sauge ou à l'ortie blanche[4]. Si cette plante est fortement protectrice contre l'attaque des insectes, elle est en revanche capable d'attirer puissamment les chats, propriété qu'elle a en commun avec la valériane ! En sa présence, les chats entrent dans un état de transe spectaculaire. A l'inverse, cette même substance, aux effets décidément surprenants, semble insupportable aux fourmis qui se frottent et se lavent furieusement au moindre contact avec elle.

1. L'azadirachtine.
2. Cette plante vient de s'illustrer dans le conflit qui oppose les écologistes à certaines firmes commerciales américaines. Les premiers plaident pour la biodiversité et le respect des espèces naturelles que les seconds prétendent s'accaparer en les protégeant par un brevet d'exclusivité. Ainsi du melia, dont la substance active, l'azadirachtine, vient d'être brevetée par un laboratoire américain... Grosse émotion en Inde, où la plante est utilisée en médecine populaire depuis des millénaires et où il paraît inconcevable de devoir payer des royalties pour pouvoir la récolter librement... Affaire à suivre.
3. Népétalactone.
4. *Nepeta cataria.*

C'est au total 500 000 espèces d'insectes qui se nourrissent de végétaux par des voies et moyens divers ; parmi eux, ceux qui travaillent à l'intérieur des bois ou tissus végétaux et qui, au sens propre comme au sens figuré, *minent* la plante. Ces insectes mangeurs de plantes représentent la moitié des espèces actuellement connues, ce qui nous vaut la proportion d'un insecte phytophage sur deux. Ainsi les plantes — dont c'est d'ailleurs le rôle écologique, puisqu'elles se situent à la base de la pyramide alimentaire — paient un très lourd tribut à la prolifération du monde des insectes.

CHAPITRE 8

Langage et communication entre les plantes

Si les schémas de prédation conduisent une ou plusieurs espèces d'insectes à se nourrir d'une ou de plusieurs espèces de plantes, plusieurs questions viennent alors à l'esprit : jusqu'où va cette prédation ? existe-t-il des moyens naturels pour la réguler, la freiner, l'interrompre ? En d'autres termes, comment se fait-il que les cinq cent mille espèces d'insectes mangeurs de plantes, ajoutées aux nombreuses espèces de vertébrés herbivores qui se nourrissent des mêmes aliments végétaux, n'aient pas encore réussi à mettre la planète en tonte rase ?

On connaît certes les légendaires dégâts des invasions de criquets dont l'une des plus célèbres constitua la huitième plaie d'Egypte, envoyée à Pharaon pour briser sa résistance et permettre à Moïse et aux Hébreux de partir vers la Terre promise. En Afrique notamment, ces déferlements s'effectuent selon des rythmes complexes et peuvent entraîner la défoliation de surfaces très importantes soumises à un véritable nettoyage par le vide.

Il arrive que se produisent des proliférations analogues de chenilles sur les arbres des forêts au printemps. Pourtant, ces énormes poussées de biomasse animale provoquées par un pullulement de chenilles cessent en général aussi brusquement qu'elles ont commencé. On signale ainsi dans les années 70, en Nouvelle-Angleterre, des invasions de chenilles croquant littéralement les forêts, mais à l'échelle américaine, tant et si bien qu'il fallut dégager au bulldozer routes et passages obstrués par un épais tapis vivant d'anneaux velus. Inexorable poussée d'une masse biologique qui couvrait l'espace et que rien ne semblait pouvoir endiguer ! Pourtant, après qu'une fraction notable des feuillages eut prématurément viré aux teintes de fin d'automne, un reflux s'amorça brutalement. Les chenilles mortes jonchaient le sol par milliards, une boue jaunâtre de cadavres écrasés maculait les souliers des promeneurs...

On peut se demander pourquoi de telles attaques biologiques, dues à d'effarantes explosions de populations de prédateurs, s'arrêtent aussi soudainement qu'elles se sont déclenchées alors que rien, apparemment, ne s'oppose à la poursuite de cette ruée de mandibules affamées ? Les chenilles seraient-elles mortes d'inanition pour avoir épuisé totalement leur stock de nourriture ? Certes non : il reste encore sur les arbres environnants de la matière première végétale que le prédateur semble avoir négligée.

Un troisième exemple concerne les populations de lièvres blancs arctiques qui prolifèrent régulièrement tous les dix ans en Alaska. A raison de quatre lièvres en moyenne par hectare, c'est 90 % des jeunes pousses de bouleaux, de trembles, de peupliers et d'aulnes qui sont systématiquement dévorées. Se forment alors des tiges adventices que les lièvres semblent bizarrement bouder... Des expériences sur le terrain ont montré que des lièvres affamés ne touchent jamais ces rejets ni ces surgeons, alors que les plantes dont ceux-ci proviennent sont dévorées avec ardeur.

Ces phénomènes ont incité les écologistes à se demander si les végétaux ne disposaient pas de quelque moyen très subtil de repousser les offensives prédatrices des animaux. N'existerait-il pas quelque mécanisme capable de réguler la densité et l'intensité de la prédation ?

Des observations et expérimentations ont été conduites en Finlande, aux Etats-Unis et en Afrique du Sud au début de la décennie 80. Baldwin et Schultz[1], du Darmouth College, dans le New Hampshire (Etats-Unis), ont montré que lorsqu'un expérimentateur détruit volontairement une partie du feuillage d'un peuplier, d'un érable ou d'un chêne, le reste du végétal riposte par une synthèse accrue de diverses substances aussi incomestibles les unes que les autres pour les herbivores, en particulier de tanins ; l'arbre devient indigeste, ce qui a pour résultat d'inhiber le développement, les métamorphoses et la croissance des insectes qui, normalement, le visitent. Ainsi est-il devenu évident que la plante réplique par une riposte appropriée à une blessure afin de se protéger d'une attaque accrue.

Les chercheurs observèrent d'autre part que des plantes de même espèce, non attaquées celles-ci, mais cultivées à proximité de la plante blessée, répondaient de la même manière que cette der-

1. I.T. Baldwin et J. C Schultz, *Science*, 1983, *221*, 277-279.

nière. D'où l'idée qu'il devait exister un mode de communication entre les arbres, se traduisant par une protection des arbres sains grâce à un message communiqué par les arbres blessés, déjà eux-mêmes sur le pied de guerre. On envisagea d'abord une communication par les racines, mais aucune expérience ne confirma cette hypothèse. L'on finit alors par se rendre à une surprenante évidence : les plantes communiquent entre elles par un gaz, l'éthylène, qui semble promis à une belle carrière en physiologie végétale, car, depuis quelques années, on le trouve impliqué dans de nombreux processus de la vie des plantes[1]. Il s'agit en somme d'une véritable hormone : une hormone gazeuse qui, sécrétée par une plante, agit sur un autre organe de cette plante ou sur des plantes voisines.

Comme ces changements chimiques induits par la blessure, puis par l'émission d'éthylène aboutissent à ce que les insectes ne trouvent plus sur ces plantes « informées » une nourriture satisfaisante, Baldwin et Schultz suggèrent qu'il s'agirait là d'un signal, d'un message émis par les arbres blessés et exfoliés et incitant les plantes non encore atteintes à prendre « toutes leurs précautions ». Ils laissent enfin entendre qu'ils n'ont pas découvert là un phénomène extraordinaire, car ils le suspectaient déjà chez de nombreuses plantes. Bref, la communication chimique entre plantes au moyen d'un gaz interposé serait un mécanisme fondamental de la régulation de la prédation dans la nature. Ce que nos deux chercheurs ont démontré par des expériences pertinentes.

1. L'éthylène, on le sait, est un gaz de nature chimique très simple, puisqu'il ne comporte que deux atomes de carbone.

L'expérimentation est menée sur de jeunes peupliers âgés de 2 à 4 mois et hauts de 30 à 40 cm dont Baldwin et Schultz déchirent deux des vingt feuilles qu'ils possèdent chacun en moyenne ; la teneur en tanins des feuilles non blessées double dans les 50 heures qui suivent la déchirure, pour revenir à peu près à la normale 100 heures plus tard. Or, cette même teneur en tanins augmente aussi de près de 60 % dans les feuilles des arbres de la même enceinte qui n'ont subi aucune agression. Tout se passe donc comme si les arbres blessés avaient « averti » leurs congénères des dommages qu'ils avaient subis. Même conclusion chez David Rhoades qui conclut ses recherches publiées en 1983 par une exclamation en forme de supposition : « Les résultats obtenus peuvent être dus à des substances phéromonales transportées par voie aérienne[1] ! »

Mais, après que les arbres eurent mis au point leur riposte sous la forme d'une autotransformation chimique destinée à éloigner les prédateurs indésirables, les plus « rusés » d'entre ceux-ci ont à leur tour inventé des systèmes pour échapper à ce piège. C'est le cas notamment d'une coccinelle du Mexique, la « coupeuse de feuilles[2] », qui vit essentiellement sur des feuilles de courge. Celle-ci prend bien soin, pendant une dizaine de minutes environ, de découper selon un cercle la feuille qu'elle doit brouter en ne laissant subsister que quelques points d'attache destinés à maintenir en place la surface découpée. Cette surface n'est plus reliée au reste que par des dents

1. D.F. Rhoades, *in* Hepin P.A., *Plant Resistance to Insects*, Symp. Series, A. Chem. Soc., 1983, 208.
2. *Epilachna undecimnotata*.

très fines, un peu comme un timbre à bordure crénelée. Passé les dix minutes, le cercle découpé étant ainsi soigneusement déconnecté de son environnement foliaire immédiat, la coccinelle se repaît deux heures durant de ce matériau isolé que sa prédation n'a pas réussi à rendre toxique, l'information passant mal à travers le crénelage et les dentelures du morceau de feuille ainsi préparé. Le matin suivant, la coccinelle est beaucoup moins mobile, parce que repue ; elle va néanmoins se déplacer pour un autre repas, mais choisira, pour reprendre son manège, une autre feuille située à une distance d'au moins six mètres de la feuille fraîchement percée. Ces six mètres marquent la distance au-delà de laquelle l'information par message chimique gazeux émis par la feuille déjà consommée atteint ses limites naturelles. La coccinelle reproduit alors le même dispositif, trace son rond au centre d'une feuille, la consomme, puis s'en écartera à nouveau de six mètres pour retomber sur une feuille intacte, non informée par son manège et par conséquent non enrichie en tanins.

Ainsi, plus la recherche progresse, plus les astuces végétales ne cessent de nous surprendre : on sait aujourd'hui[1] que des plants de maïs attaqués par des chenilles émettent un cocktail qui attire puissamment les guêpes parasites et destructrices desdites chenilles, conformément au vieux principe des stratèges militaires ou politiques : « L'ennemi de mon ennemi est mon ami » ! L'agent de cette très performante communication entre la plante et l'insecte est toujours gazeux.

1. J. Tumlinson et coll., *Pour la Science*, 1993, *187*, 84-90.

On sait aussi désormais que ce qu'on a constaté dans le cas des chenilles se produit également pour d'autres animaux, y compris de grande taille, dans des circonstances analogues.

Les fermiers du Transvaal élèvent une sorte d'antilope, le koudou, dont la nourriture ordinaire est le feuillage des acacias, arbre typique des savanes africaines. Les acacias sont broutés par les koudous qui mangent les rameaux bas, et par les girafes qui plument le haut de l'arbre. La girafe est le seul animal de taille suffisante pour paître les jeunes rameaux des grands acacias de la savane. Comme elle se garde bien d'enfoncer son long cou dans la ramure extrêmement piquante de l'arbre, elle se contente de brouter les rameaux externes, effectuant une véritable tonte de l'arbre. L'acacia, que l'on croirait avoir été dessiné par des spécialistes d'art plastique, prend alors la forme d'une sorte de grand parasol formé d'un tronc bas et d'un puissant réseau de branches piquantes en éventail. La prédation de la girafe contribue sans doute à sculpter les acacias et à les maintenir dans leur forme si particulière. A voir ce couple à l'œuvre, on croirait que l'acacia a vraiment été créé pour la girafe, et celle-ci pour celui-là.

La girafe ne consomme donc que les jeunes rameaux, favorisant leur renouvellement ; mais on ignore si ce broutage déclenche aussi l'accumulation de tanins dans le feuillage plus vieux qu'elle ne touche pas. Cela est probable.

Quoi qu'il en soit, à observer le comportement des herbivores, on constate qu'ils ne s'acharnent jamais longtemps sur le même arbre ou le même coin d'herbe. On les voit négligemment se déplacer ici ou là, n'achevant jamais le repas commencé en un point donné. Sauraient-ils inconsciemment qu'à trop faire du sur place et à s'acharner sur la même plante, ils déclencheraient les mécanismes de riposte qu'on a signalés ? D'où cet apparent éclectisme dans les choix, cette façon débonnaire de brouter un rameau parci, par-là. Une vache dans un champ ne fait-elle pas de même ?

Mais revenons à nos koudous après ce vagabondage entre girafes et acacias. Ceux-ci vivent également de ces arbres[1] et ont fourni d'étonnantes informations recoupant celles qui concernent la prédation par les insectes. En 1981, les fermiers du Transvaal trouvent des koudous morts de faim ; à côté d'eux, des acacias pourtant encore verts, mais que les koudous ont visiblement refusé de brouter. Deux années plus tard, le professeur Van Hoven[2], de l'université de Pretoria, prend les choses en main. Il soumet les koudous à une autopsie et découvre dans leur estomac de grosses quantités de feuilles non digérées. A l'analyse, ces feuilles manifestent à nouveau de très fortes teneurs en tanins. Un an plus tard, les études se poursuivent avec le renfort de chercheurs de l'Institut de Recherche agronomique. Il va falloir maintenant tenter de comprendre ce qui se passe réellement, alors que les travaux qu'on vient de citer n'ont pas encore été publiés.

Un groupe d'étudiants est amené à proximité des acacias et, pour simuler une forte prédation, les soumet à une sévère correction en les frappant à coups de fouet, de ceinture, de bâton, etc. Les feuilles, naturellement, sont déchiquetées et les malheureux acacias, qui ne font pas la différence,

---

1. Notamment *Acacia cafra*.
2. W. Van Hoven, *Custos*, 1984, *13 (5)*, 11-16.

se croient sans doute brutalement assaillis par une horde de koudous. Or, en analysant à intervalles réguliers les feuilles des acacias battus, on s'aperçoit qu'un quart d'heure après l'attaque, les arbres augmentent dans des proportions considérables la teneur en tanins de leurs feuilles, laquelle, au bout de deux heures, atteint jusqu'à deux fois et demie la quantité initiale. Du coup, elles sont devenues parfaitement indigestes et incomestibles. Quand les coups cessent de pleuvoir sur l'acacia, le taux de tanins revient peu à peu à la normale, qu'il atteint au bout de cent heures.

Les chercheurs sud-africains ont alors l'idée d'épargner certains arbres dans leur campagne de flagellation. Puis ils analysent les feuilles de ces arbres épargnés. Surprise ! S'il est de la même espèce, un arbre situé à moins de trois mètres d'un autre que l'on a frappé va augmenter lui aussi la production de tanins dans ses feuilles. Il faut donc qu'un message ait été communiqué des arbres attaqués aux autres. Ce message ne peut raisonnablement être qu'une substance volatile dégagée par les feuilles blessées.

Les koudous devaient fuir ces arbres blessés ainsi que leurs congénères voisins, dûment « informés » du risque qu'ils encouraient et eux-mêmes protégés par une importante sécrétion de tanins. Mais l'hiver austral avait été particulièrement sec cette année-là au Transvaal, les arbres avaient perdu leurs feuilles, la végétation restait maigre, et beaucoup de koudous n'avaient pu, en raison des grillages séparant les propriétés, partir à la recherche d'acacias lointains qui n'auraient pas reçu l'information et la mise en garde de leurs congénères. Car il y a, pour les koudous, nécessité

de brouter par-ci ou par-là... sous peine de mort !
« Coup dur pour les koudous ! » s'exclame Jean-Pierre Cuny lorsque nous introduisîmes cet épisode dans notre série télévisée, *L'Aventure des plantes n° 2*. Coup dur, en effet, pour des animaux finalement beaucoup plus dépendants des plantes qu'on aurait pu le croire, et tributaires des variations de leur composition chimique.

D'autres arbres réagissent de la même manière, qu'il s'agisse du chêne argenté ou du koari[1], par exemple. Mais l'acacia, lui, riposte très vite : la proportion de tanins dans ses feuilles double dans les 15 minutes qui suivent le premier coup de bâton. Ceci explique *a posteriori* pourquoi les koudous, dans la savane arborée, ne broutent jamais longtemps les feuilles du même arbre ou du même buisson. Désormais, la réponse est claire : c'est l'arbre qui ne le permet pas. Comme le dit encore Jean-Pierre Cuny, il envoie littéralement « le koudou aller paître ailleurs »...

Dans cette histoire, il convient aussi de lire les effets d'une grave perturbation d'un écosystème par l'homme. En grillageant les propriétés et en prenant le risque d'un surpâturage au cours d'un hiver où l'herbe et les feuilles étaient rares, on obligeait les koudous à avaler autant d'herbe et de feuilles que de terre, ce que démontra leur autopsie. En les emprisonnant, on les condamnait à mort. Dans des espaces plus larges, comme il sied aux bêtes des savanes, les koudous auraient pu se nourrir d'acacias situés plus loin, donc non encore prévenus par leurs congénères. La régulation de la prédation s'est visiblement mal passée :

---

1. *Agathis damnara*, conifère australien de la famille des Araucariacées.

les arbres surpâturés se sont « mis en colère », les koudous n'ont pas pu les fuir pour trouver des congénères plus calmes et plus digestes, moyennant quoi ils sont morts...

Mais voici de nouvelles informations[1] concernant la fameuse piéride du chou : en broutant les feuilles de chou qui constituent sa pitance habituelle, cet insecte déclenche l'émission de substances volatiles qui attirent une guêpe[2] ; celle-ci pond alors ses œufs dans les larves des piérides dont le niveau de prédation se trouve du même coup régulé. Autre moyen de décourager le prédateur : l'émission du cocktail gazeux est déclenchée par une enzyme présente dans la salive de la chenille[3]... A noter que cette enzyme se trouve aussi dans notre propre salive, de sorte qu'en croquant des feuilles de chou on risque d'attirer la guêpe si d'aventure elle vole dans les parages !

Ainsi, toutes les recherches menées pourtant séparément et par des équipes sans liens entre elles aboutissent aux mêmes conclusions : les plantes « se défendent » contre l'excès de prédation.

Mais voici qu'aux toutes dernières nouvelles[4], l'éthylène manifeste encore d'autres actions spécifiques. Associé à une nouvelle hormone végétale gazeuse, le jasmonate de méthyle, récemment découvert, l'éthylène joue un effet protecteur en suscitant — sur de jeunes plantules de tabac, par exemple — la mise en œuvre de gènes spécialisés dans la défense contre les parasites. On savait déjà que l'acide salicylique, proche parent de

1. *La Recherche*, 1995, 1108, 493.
2. *Cotesia glamerata*.
3. Bétaglucosidase.
4. Y. Xu et coll., *Env. Stress Physiol.*, 1994 (6), 8, 1077-1085.

l'aspirine, produisait de tels effets ; mais cet acide, combiné à nos deux hormones gazeuses, voit ses potentialités fortement accentuées, de sorte que les ennemis traditionnels du tabac n'ont plus qu'à bien se tenir !

Les effets de l'éthylène s'égrènent à n'en plus finir, tant sont nombreuses ses propriétés. L'une d'elles est particulièrement spectaculaire : son rôle dans la maturation des fruits. C'est ainsi, par exemple, par une intense émission d'éthylène, que des pommes en train de mûrir hâtent le jaunissement de bananes vertes mises à proximité. Sans les pommes, ou loin des pommes, la maturation des bananes est beaucoup plus lente : bel exemple encore de la communication entre les plantes, ou plutôt entre leurs fruits ! Les professionnels le savent bien, qui gèrent leur rythme de maturation en cueillant au fur et à mesure les fruits « à point » pour éviter une production intempestive d'éthylène qui amènerait toute la récolte à maturité en même temps. Or, les marchés sont impitoyables pour les surproductions saisonnières, qui cassent les prix. Les émissions d'éthylène méritent elles aussi d'être bien gérées...

CHAPITRE 9

L'insecte qui lisait le journal...

La sécrétion de tanins ou d'autres substances dans un tissu végétal n'est pas le seul moyen utilisé par les plantes pour se défendre contre la dent d'un prédateur. Il en existe bien d'autres grâce auxquels les plantes déjouent les ruses des herbivores jusqu'à les décimer cruellement.

Il y a d'abord des méthodes lourdes, telle l'élaboration d'insecticides, ou, plus subtile, la production de substances stérilisant purement et simplement les insectes. Mais il en est d'encore plus sophistiquées par lesquelles la nature nous donne, une fois de plus, une étonnante leçon d'imagination. Par exemple, lorsqu'elle fait sécréter par des plantes (notamment des arbres) des hormones apparentées ou identiques aux hormones gérant la métamorphose et la croissance des insectes. Ces hormones sont toutefois produites à des doses telles qu'elles perturbent complètement le déroulement normal des métamorphoses, mettant à mal l'insecte qui s'aventure sur les arbres en question.

Parmi les autres stratégies lourdes, on voit certaines plantes produire des substances insecticides dont l'effet se fera sentir sur toutes les espèces d'insectes. Il s'agit donc d'effets non spécifiques, globaux, et, pour cette raison, de maniement difficile, car le « nuisible » et l'« utile » sont « évacués » en même temps. Trois séries de plantes figurent sous cette rubrique : des légumineuses tropicales[1], actives par la roténone qu'elles contiennent ; des chrysanthèmes[2] de la famille des composées, actives par des pyréthrines qui font chuter en quelques instants les insectes volants lorsqu'on les pulvérise ; enfin, des composants du tabac (et de plantes voisines), telle la nicotine, qui furent très utilisés autrefois mais le sont moins aujourd'hui, sauf peut-être dans l'ex-Union soviétique où un tabac sauvage[3] est très répandu et actif. A cette trilogie s'ajoutent les plantes insectifuges contenant des essences odorantes qui mettent en fuite les insectes : ainsi voit-on autour de tout le bassin méditerranéen des bouquets de rameaux secs — de lavande, par exemple — pendus au plafond des maisons et destinés à cet effet. Ces plantes insecticides ou insectifuges contribuent à rétablir l'équilibre insectes/plantes lorsque, perturbé, il joue en la défaveur de ces dernières.

On estime qu'environ un tiers des récoltes mondiales sont détruites par des insectes. On connaît les moyens qui furent mis en œuvre pour tenter d'abaisser ce chiffre, notamment les pesticides de deuxième génération, du type DDT, qui relayèrent massivement, voici un demi-siècle, les insecti-

---

1. *Derris, Tephrosia, Longocarpus.*
2. *Chrysanthemum cineraraefolium.*
3. *Nicotiana glauca.*

cides d'origine végétale. Malheureusement, les phénomènes de rémanence et d'accumulation à travers les chaînes alimentaires n'ont pu qu'entraîner une désaffection croissante vis-à-vis de ces produits et aboutir finalement, pour plusieurs d'entre eux, à une interdiction pure et simple. Mais ils continuent à imprégner les graisses des oiseaux nourris de graines chimiquement traitées, ou des poissons des lacs ou étangs pulvérisés en vue d'éradiquer les moustiques. En fin de parcours, l'homme nourri d'oiseaux et de poissons finit par s'intoxiquer à son tour... Belle chaîne alimentaire, en vérité, à l'extrémité de laquelle les humains font figure d'innocentes victimes, eux qui peuvent manger tout le monde mais que personne ne mange !

Cependant, médecins et écologistes ont fait connaître des chiffres inquiétants : voici vingt ans, les tissus adipeux d'un Américain contenaient en moyenne 10 parties par million de DDT ; d'un Israélien, 19 parties par million ; d'un Indien, 29 parties par million... A continuer sur cette lancée, on finirait par en arriver à des doses toxiques (qui, chez l'homme, sont encore indéterminées...). On notera que ces nationaux appartiennent pour la plupart à des pays qui ont misé sur la « révolution verte » et qu'ils ont bien failli partager le sort des insectes qu'ils prétendaient détruire.

Est alors apparue la possibilité d'utiliser contre les insectes de nouvelles armes chimiques beaucoup plus subtiles que cette artillerie lourde qui écrase tout sans faire de quartier. Elles consistent à retourner contre eux des substances qu'ils produisent, mais en les utilisant à plus fortes doses. Ces substances sont leurs propres hormones.

Cette stratégie du Cheval de Troie, par laquelle l'assiégeant pénètre les défenses de son adversaire pour mieux le vaincre de l'intérieur, avait déjà été employée pour limiter les populations humaines, animales et végétales.

Depuis une quarantaine d'années, en effet, les mauvaises herbes sont éradiquées grâce à des hormones, les auxines, qui régulent normalement la croissance des végétaux mais qui, à doses élevées, la perturbent complètement. L'agriculture utilise des analogues de synthèse de ces hormones qui mirent en danger l'existence même de certaines espèces accompagnatrices des céréales, comme le bluet et le coquelicot. En jouant sur les doses, il est aisé d'éliminer ces « mauvaises herbes » tout en respectant les plantes cultivées — telles les céréales —, nettement moins sensibles.

C'est également par l'utilisation de contraceptifs hormonaux que l'humanité tente de contrôler le développement de la population sur l'ensemble du globe. Les substances utilisées pour neutraliser la fécondité sont aussi des analogues des hormones normales du corps humain.

Il était donc logique que des stratégies comparables soient développées contre les insectes.

Chez les insectes les plus primitifs, la métamorphose ne va pas sans évoquer la puberté chez les êtres humains. Après des semaines ou des mois de croissance juvénile, l'insecte à l'état larvaire subit une maturation rapide de son système reproductif, tandis que des ailes apparaissent. Chez les insectes plus évolués, on assiste à une spécialisation de plus en plus grande de l'organisme juvénile, de plus en plus différent de l'organisme adulte. Les métamorphoses s'enrichissent et se complexifient en même temps.

Ainsi, chez le ver à soie, le « manuel de construction génétique » du papillon (bombyx) comporte trois chapitres distincts : le premier fournit les informations destinées à construire le ver lui-même ; le second fournit des informations pour retravailler certaines cellules du ver afin de le transformer en pupe ; le troisième, enfin, explique comment retravailler à nouveau les cellules de la pupe pour que celle-ci donne naissance à un papillon adulte. La vie d'un insecte se segmente ainsi en stades successifs, chacun étant caractérisé par un nouveau contingent d'informations génétiques qui, à un moment donné, sont mises en œuvre et conduisent à l'étape suivante.

Les informations nécessaires à la « fabrication » de l'insecte sont donc contenues dans trois différentes séries de gènes correspondant aux trois chapitres de notre « manuel de construction » imaginaire. Naturellement, ces opérations doivent se dérouler de manière ordonnée et coordonnée. C'est ici qu'intervient le système hormonal de l'insecte. Le passage d'une étape à l'autre est déclenché par une hormone — l'ecdysone, ou hormone de mue — produite par des glandes situées à l'extrémité antérieure de l'insecte. Une fois sécrétée, cette hormone induit la « mise à feu » des gènes contrôlant l'étape suivante du programme ; sous son effet, les cellules larvaires deviennent des pupes, et les cellules de pupes deviennent des adultes. Que les glandes spécialisées viennent à cesser la sécrétion de l'ecdysone, et, aussitôt, croissance et métamorphose s'arrêtent brusquement. L'insecte demeure alors dans un état d'immobilité qualifié, lorsqu'il se produit par exemple en hiver, de diapause. C'est la dormance hivernale classique chez de nombreux insectes. Puis, après ce long sommeil, l'ecdysone est à nouveau sécrétée et le développement reprend son cours selon les séquences prévues.

L'étonnant chimiste Butenant, toujours prêt à extraire des hormones sur du matériel fourni par des agriculteurs ou des bouchers, selon les cas, a réussi la performance d'extraire d'une tonne de vers à soie 25 milligrammes d'ecdysone à l'état pur. Puis il a obtenu — mais à l'état de traces, cette fois — une très faible quantité d'une autre hormone de mue de structure très voisine, la ß ecdysone. Ces substances ressemblent beaucoup au cholestérol. La synthèse de ces deux hormones a été réalisée par diverses équipes américaine, suisse et japonaise dès 1966-1968. Mais ces opérations sont longues et coûteuses. Dès lors, comment se procurer suffisamment d'hormones pour modifier les séquences successives du développement d'un insecte prédateur ou nuisible, et ainsi le détruire ?

Heureusement, les perspectives ont changé lorsque des chercheurs japonais ont découvert que certaines plantes contiennent en grandes quantités des substances ressemblant à l'ecdysone, y compris la ß ecdysone elle-même. Ils ont pu extraire cette fois 25 milligrammes de ß ecdysone à partir de 25 grammes seulement de feuilles d'if. (On trouve notre « arbre magique » à nouveau en première ligne : voilà un rendement infiniment supérieur à celui des premiers essais de Butenant !) Ils firent mieux encore en parvenant à extraire de la fougère la plus ordinaire[1] 25 milli-

1. *Polypodium vulgare.*

grammes de ß ecdysone à partir de 2,5 grammes de rhizomes : un rendement dix fois supérieur à celui de l'if !

Les Japonais entreprirent alors de procéder à des sondages systématiques chez de nombreuses familles de plantes afin de rechercher une éventuelle présence d'ecdysone. De nombreuses plantes répondirent positivement à ces tests, en particulier des arbres du groupe de l'if et du sapin[1], ainsi que des fougères et bon nombre de plantes à fleurs. La ß ecdysone est la plus fréquemment trouvée, suivie de toute une collection de corps voisins ; mais l'ecdysone elle-même n'a pu être mise en évidence que dans deux espèces de fougères. L'origine exclusivement végétale de nombreux analogues de l'ecdysone leur a valu le nom de phyto-ecdysones. Beaucoup se sont révélées être des « super-hormones » agissant à des concentrations plus faibles que l'α ou la ß ecdysone isolée des insectes.

Ces phyto-ecdysones végétales, mimant les hormones naturelles des insectes, provoquent, à des doses appropriées, l'aboutissement normal des métamorphoses. Mais que la dose optimale vienne à être dépassée et de graves perturbations se produisent, débouchant sur des créatures monstrueuses et non viables ; ce résultat est dû à une accélération considérable du rythme de développement pendant les tout premiers jours de la métamorphose. On observe notamment qu'un dépôt de cuticule s'effectue prématurément, bloquant ainsi le développement des tissus épidermiques du futur papillon ; l'insecte se trouve alors comme enfermé dans un corset rigide, persistant

1. Gymnospermes.

dans un stade qui n'est plus celui de pupe mais qui n'est pas encore celui d'imago ou insecte parfait.

Certaines phyto-ecdysones ont une efficacité à des doses extraordinairement faibles, inférieures à une partie par milliard. Aucun insecticide connu ne possède une telle activité. D'où des projets visant à utiliser un jour ces hormones, produites par les plantes ou par synthèse, dans la lutte biologique contre les insectes ravageurs et nuisibles.

Mais les ecdysones n'agissent pas seules dans l'organisme des insectes ; leur effet est contrebalancé par une autre hormone qualifiée d'« hormone juvénile ». Si l'ecdysone est l'hormone qui régit les mues, intervenant à la fin de la vie larvaire et permettant l'élaboration de l'insecte parfait, l'hormone juvénile assure au contraire le maintien de l'état larvaire en favorisant la différenciation des structures juvéniles au détriment des structures parfaites. Cette nouvelle hormone est synthétisée par de petites glandes[1] et véhiculée par le sang de l'insecte. Que l'on excise ces glandes et la larve, qui n'est pas mûre, réagit alors à l'ecdysone seule en subissant des métamorphoses précoces et en série, sans réussir à devenir un insecte adulte normal. Placée sur la peau intacte des insectes, l'hormone juvénile produit des créatures non viables chez qui certaines cellules ont subi des métamorphoses et d'autres non, par suite d'un dérèglement général du processus de développement.

L'histoire des hormones juvéniles a connu un tour politico-scientifique tout à fait inattendu. Un chercheur tchèque, Slama, émigra de son pays en

1. Les *Corpora allata*.

1964 pour aller travailler aux Etats-Unis sur son insecte expérimental préféré, la punaise européenne[1]. Elevées dans les laboratoires de Harvard, ces punaises manifestèrent des anomalies de développement, subissant non pas cinq mais six, parfois même sept métamorphoses successives. C'était là déroger à la règle absolue qui veut que, pour cette espèce de punaise, le nombre de métamorphoses soit de cinq, sans exception aucune. Toutefois, à Prague, une sixième métamorphose larvaire avait pu être obtenue dans des essais expérimentaux où l'on avait fourni à l'insecte un supplément d'hormone juvénile. Il fallut donc admettre qu'à Harvard, les punaises avaient accès à une source inconnue de cette hormone (ou de quelque homologue), puisqu'elles faisaient mieux qu'à Prague sans supplémentation d'hormone. Diverses hypothèses furent émises, étudiées, puis éliminées. On en vint à examiner les fragments de papier absorbant placés dans chaque boîte de culture et sur lesquels les punaises se déplaçaient. Ce papier, d'origine américaine, n'était évidemment pas le même que celui utilisé à Prague. Slama mena alors une enquête serrée sur la nature des papiers employés, et de nombreux échantillons furent testés. Sur vingt marques examinées, douze se révélèrent actives : elles déclenchaient une sixième métamorphose larvaire, voire parfois une septième, la larve devenant de plus en plus grosse d'une métamorphose à l'autre.

Le rôle du papier étant ainsi mis en évidence, la suite prit l'allure d'une farce scientifique, car Slama fit alors courir ses larves de punaises sur

1. *Pyrrhocoris apterus.*

des journaux et des magazines américains, européens et japonais !... Il apparut alors que seuls les journaux et périodiques américains étaient actifs ; les autres ne l'étaient pas. Les insectes restaient impavides sur le *Times* de Londres, mais multipliaient leurs métamorphoses sur le *New York Times*.

Slama entreprit alors de remonter du papier à sa source, à savoir les arbres abattus pour élaborer la pâte à papier. Et l'on découvrit ainsi que les extraits d'if et de mélèze d'Amérique possédaient les mêmes activités que l'hormone juvénile. Mais c'est finalement au sapin baumier — ou balsamique, arbre d'ailleurs le plus employé dans la fabrication des pâtes à papier américaines — que revint la palme de l'activité. De ce sapin fut isolée en 1966 une substance active baptisée juvabione, mimant parfaitement les effets de l'hormone juvénile.

Ces hormones juvéniles, naturelles ou végétales, ne se contentent pas de perturber mortellement la métamorphose des insectes ; elles suppriment aussi la maturation de leurs organes de reproduction. Ainsi, des œufs de punaises européennes, placés au contact de papier américain contenant de la juvabione, cessent immédiatement leur développement embryonnaire ; aucun œuf n'arrive à éclosion, tous contiennent des avortons déformés et incomplets. Bref, la juvabione perturbe le développement embryonnaire comme elle perturbe la métamorphose. D'où l'idée d'employer cette hormone pour stériliser les œufs.

On a donc déterminé les doses précises qui maintenaient les femelles en vie tout en les conduisant à pondre des œufs non viables et qui n'éclosent pas. De là un mode inédit de stérilisation des insectes.

Mais les mâles sont également sensibles à ces hormones. Lors de l'accouplement, ils transfèrent 5 % de la juvabione qui leur a été appliquée à leur femelle, ce qui induit la stérilisation de celle-ci. On possède ainsi un insecticide dont la dissémination vénérienne présente l'avantage d'une grande spécificité d'action, les mâles atteints ne fécondant que les femelles de leur propre espèce et les stérilisant, cependant qu'aucune autre espèce d'insecte n'est touchée. Ce qui laisse entrevoir des stratégies de lutte biologique hautement spécifiques, totalement étrangères aux décimations massives produites par les insecticides chimiques classiques.

La présence de ces analogues d'hormones d'insectes chez les végétaux est pour le moins surprenante. On a du mal à admettre que les plantes fabriquent ces hormones « par hasard », qu'elles ne leur servent à rien. Mais alors ? Serait-ce, comme tant de poisons, un moyen de défense ? Mystère...

Mais ces hormones nous révèlent une autre surprise de taille : elles sont synthétisées dans la plante à partir du cholestérol ! Or le cholestérol avait longtemps eu la réputation de n'exister que dans le règne animal et d'être tout à fait absent du règne végétal. On sait aujourd'hui qu'il n'en est rien et qu'il peut même se trouver en abondante quantité dans des grains de pollen comme ceux du peuplier, par exemple. Le cholestérol fait donc figure de plaque tournante conduisant aussi bien aux hormones d'insectes qu'à celles des animaux supérieurs.

Progestérone, prégnénolone et œstrone, ces

hormones féminines du règne animal et du genre humain, ont été trouvées aussi bien dans de nombreuses plantes. La plante ne se contente donc pas de mimer les seules hormones des insectes ; elle sait aussi produire les hormones sexuelles spécifiques de la femme ! Pour ne citer que deux exemples, la progestérone a été trouvée dans les graines de pommes de terre, et l'œstrone dans des pollens de palmiers et des graines de grenade. Pour quoi et pour qui ? S'agit-il d'une « erreur » de la nature ? Ou d'un secret que nous n'avons pas encore réussi à percer ?

En tout cas, cette affaire d'hormones montre bien l'unité foncière du vivant, capable de fabriquer les mêmes substances chez des êtres ô combien différents !

Elle manifeste aussi les vastes possibilités de synthèse que recèle le monde végétal, y compris dans un domaine aussi traditionnellement et spécifiquement animal que celui des hormones. Les plantes représentent la plus formidable usine chimique de la nature, dans laquelle les animaux mangeurs de plantes viennent prélever leur nourriture en se réservant pour eux seuls, disait-on jadis, la synthèse des hormones dérivées du cholestérol. Un point de vue récemment abandonné puisque les plantes, outre leurs propres hormones encore mal connues, savent aussi synthétiser celles des autres.

Mais les hormones ne sont pas les seules substances chimiques élaborées par les plantes et susceptibles d'entraîner la stérilisation des insectes. Ainsi l'essence d'une plante européenne très courante de la famille de l'arum[1] attire les

1. *Acor calamus.*

122

mâles de la mouche orientale[1], entraînant bientôt la stérilisation des femelles. Le même résultat peut être atteint avec la mouche domestique, si répandue, ainsi qu'avec de nombreuses autres espèces d'insectes, grâce à une molécule présente dans l'acor, et spécifique de cette plante[2]. On peut aussi stériliser directement les femelles de la mouche domestique sans passer par les mâles, grâce à l'huile d'une plante africaine proche du cacao[3].

La limitation des naissances chez les insectes est, on le voit, une activité pratiquée par de nombreuses espèces de plantes. En s'en nourrissant, les malheureuses bestioles s'exposent à leur propre stérilisation. Une stratégie mise en œuvre dans la nature bien avant que l'homme ne l'adopte à son tour. Car nous ne faisons souvent que réinventer, non sans gloriole, des procédés qu'elle a conçus et utilisés bien avant nous.

1. *Dachus dorsalis.*
2. ß asarone.
3. *Sterculia sp.*

CHAPITRE 10

Où chacun est mis au parfum

Le rôle des couleurs et des odeurs dans les relations de pollinisation a fait l'objet de nombreux travaux. Le savant autrichien Karl von Frisch, prix Nobel 1973, a montré comment les abeilles sont guidées vers le nectar des fleurs par des repères colorés simulant de véritables pistes d'atterrissage balisées. Mais ces pistes ne sont pas seulement visuelles, elles sont aussi olfactives ! Ainsi, en séparant des morceaux de pétales porteurs de signaux et de balises colorées, on observe que ces parcelles possèdent des odeurs différentes (lamier) ou une odeur semblable mais beaucoup plus accusée (marronnier) que le reste du pétale non porteur de marques. Dans le cas d'une campanule[1], la corolle d'un bleu uniforme ne possède que des repères olfactifs, mais aucun repère coloré ; les pollinisateurs suivent ces balises odorantes pour se poser sur la fleur. Il en est de même du liseron blanc.

Les fleurs tropicales pollinisées par les oiseaux

1. *Campanula medium.*

ne possèdent point de tels repères olfactifs, car l'odorat des oiseaux est moins affiné. Dans la mesure où ceux-ci volent « à vue », les fleurs « adoptent » des couleurs adaptées à leur champ visuel. Ainsi, les fleurs écarlates attirent les colibris d'Amérique. De telles fleurs, en revanche, sont rares dans les flores européennes, car beaucoup d'insectes ne voient pas le rouge ; s'ils reconnaissent le coquelicot, ce repérage n'est pas dû à sa couleur visible, mais à son émission dans l'ultraviolet.

Ces observations jettent une lumière nouvelle sur les déterminismes rigoureux du monde des insectes, traditionnellement imputés au règne sans partage de l'« instinct ». L'instinct apparaît désormais comme le fruit de stricts déterminismes chimiques inféodant individus et espèces à des partenaires obligés et entraînant des comportements automatisés et rigoureux du type « stimulus/réponse » ; le stimulus est en l'occurrence l'émission d'un ou plusieurs types de molécules chimiques quand il s'agit d'une odeur, de longueurs d'ondes quand il s'agit d'une couleur.

Si ce que nous appelons l'instinct règle souverainement les mécanismes fondamentaux du monde des insectes, il n'en va plus tout à fait de même dans l'autre grande lignée évolutive qui, à travers les vertébrés, monte jusqu'aux singes et à l'homme. Dans la plupart des groupes d'animaux formant cette lignée, on observe des espèces à odorat très fin, et d'autres chez qui l'odorat est plus ou moins atrophié[1]. Les brochets qui se dirigent sur leur proie, guidés par la vue et non

1. Macrosmates et microsmates.

par l'odeur, appartiennent à cette dernière catégorie. En revanche, l'anguille est le prototype des animaux très sensibles à l'odeur ; son odorat a sensiblement la même intensité que celui du chien. Une anguille conditionnée à l'alcool phényléthylique — parfum de rose — est capable de reconnaître cette odeur diluée à raison de... 1 cm^3 dans cinquante fois la quantité d'eau contenue dans le lac de Constance !

C'est également grâce à l'extrême sensibilité de son odorat que le saumon remonte le fleuve et les affluents qui le conduiront là où il est né. Ce fait a pu être démontré expérimentalement avec précision. Mais on ne sait toujours pas en toute certitude comment les individus de cette espèce se guident en haute mer pour retrouver l'embouchure du fleuve qui les mènera à leur lieu de naissance.

Les performances du goût et de l'odorat, anatomiquement séparés chez les poissons, sont également très importantes chez le vairon, cent fois plus sensible que l'homme à la saveur sucrée. La cohésion des bancs serait due à l'aptitude que possède chaque vairon de reconnaître l'odeur de ses congénères, mais aussi celle d'autres poissons ; ce qu'on démontre aisément en conditionnant un vairon à l'odeur d'un poisson-chat associée à une prise de nourriture : si on lui supprime l'odorat, le vairon ainsi conditionné devient incapable de se nourrir.

Les vairons émettent également par leur peau une odeur d'alarme après une blessure. Cette odeur provoque la fuite immédiate des congénères du banc vers les profondeurs. L'émission de telles substances d'alarme annonçant l'approche d'un prédateur semble spécifique de certains poissons d'eau douce[1]. Elle évoque étrangement les émissions d'éthylène dont nous avons vu comment, chez les plantes, elles alertent l'entourage de la présence de prédateurs.

L'émission d'odeurs d'alarme semble un phénomène assez répandu dans la nature. On a pu l'observer chez les têtards de crapauds vivant en bancs, ainsi que chez les vers de terre qui, sous électrochocs, émettent une bave qui imprègne la terre et fait fuir immédiatement leurs congénères.

Chez une fourmi[2], les glandes mandibulaires, sous l'effet de la peur, excrètent une série de substances très parfumées[3]. Les congénères voisines se rapprochent et émettent les mêmes substances d'alarme, de sorte que, de proche en proche, toute la fourmilière est mise en émoi et se place sur le pied de guerre. On assiste ainsi à une véritable mobilisation chimique. Comme les termites, les fourmis utilisent également des substances chimiques pour marquer leurs pistes. Mais il arrive que les prédateurs repèrent ces traces et les suivent ; les fourmis sont alors prises à leur propre jeu.

C'est aussi par l'odeur que la vipère suit sa proie. Elle le fait d'ailleurs en toute sérénité, certaine que celle-ci finira par succomber au venin qu'elle lui a inoculé, et qu'elle la retrouvera le moment venu. L'organe récepteur est cette fois la langue bifide qui se charge des particules odorantes émises par la proie — une souris, par exemple. Rentrée dans la cavité buccale, la langue

1. Ostariophysaires.
2. *Acanthomyops claviger.*
3. Géranial, citronnellal, nériol...

place exactement ses deux pointes sous les deux organes de Jacobson, ramifications de l'appareil olfactif qui entrent en contact direct avec la bouche ; l'odeur est ainsi recueillie dans la cavité buccale.

C'est une disposition analogue qui permet notamment à la plupart des herbivores de sentir l'odeur de l'herbe consommée et d'éliminer ainsi les herbes vénéneuses.

Des reptiles aux mammifères, on franchit encore un nouveau pas sans que, pour autant, l'odorat perde de son importance : bien au contraire, il reste le sens le plus efficace chez la plupart des espèces d'animaux supérieurs. La sensibilité de l'odorat, chez celles-ci, semble proportionnelle à la surface de l'épithélium olfactif ; celui-ci, par exemple, est beaucoup plus important dans les fosses nasales du chevreuil que chez l'homme où il n'occupe que 10 cm^2, ce qui expliquerait la régression du rôle du nez et de l'odorat chez notre espèce. En revanche, il est très important chez le chien (en relation d'ailleurs, comme chez la plupart des mammifères, avec la forme allongée du museau). Convenablement entraînés, un chien de chasse ou un chien policier se révèlent capables des performances les plus surprenantes, identifiant chaque individu à son odeur, à l'exception des vrais jumeaux. En revanche, les mammifères marins : dauphins, baleines ou phoques, dont le nez reste inadapté à la vie aquatique, n'ont plus d'odorat fonctionnel. Les albinos sont aussi très généralement dépourvus d'odorat.

Les odeurs animales sont liées au territoire et à la sexualité, deux notions elles-mêmes en étroite interrelation. De nombreux mammifères carnivores marquent leur territoire par l'odeur de leurs excréments, dans laquelle interviennent deux substances spécifiques[1]. Les attractants chimiques sont aussi souvent sécrétés par des glandes localisées à proximité des organes sexuels ; l'intensité de la sécrétion varie elle-même en fonction de l'activité sexuelle. Bien que d'odeur souvent forte et désagréable, un certain nombre de substances de ce type sont utilisées en parfumerie ; parmi celles-ci : la civette, provenant d'une glande para-anale de l'animal de même nom[2] ; le musc, produit dans les glandes préputiales d'un cerf[3] et très prisé dans l'Antiquité ; le « castoreum », sécrété par le castor et apportant en parfumerie la note dite « cuir de Russie » ; l'ambre, expulsé dans l'eau de mer par le cachalot, etc.

L'usage du musc en parfumerie remonte à des temps fort reculés et a entraîné la disparition quasi totale du daim musqué de Sibérie. Un usage intense finit par imprégner de façon durable les murs des bâtiments, comme ce fut le cas pour la chambre de l'impératrice Joséphine dont l'odeur des murs incommoda des décennies plus tard les ouvriers venus vers 1900 y faire des réparations.

Les systèmes de marquage du territoire varient d'une espèce à l'autre, mais les odeurs y jouent toujours un rôle déterminant. Les loups possèdent un double système : les émissions d'urine et le frottement du dos aux arbres, entraînant un marquage odorant par les glandes exocrines de la peau. Comme son ancêtre loup, le chien marque

1. L'indol et le scatol.
2. *Viverra zibetha.*
3. *Moschus mosciferus.*

son territoire par l'urine. Mais, pour cet animal domestique qui ne vit plus en bande, la notion de territoire est plus difficile à préciser. Si son territoire propre coïncide avec celui de son maître, l'espace collectif lui apparaît comme un territoire flou qu'il tentera de s'approprier en marquant de jets d'urine les bordures de trottoirs et les réverbères. Si un compétiteur apparaît, une bagarre s'ensuit immanquablement ; le gagnant s'empressera de célébrer sa victoire par d'abondantes émissions d'urine contre les poteaux ou troncs d'arbres environnants.

Les odeurs émises par les animaux peuvent être redoutables. Ainsi la mouffette d'Amérique du Nord[1] possède un système capable de projeter sa sécrétion à plus de trois mètres. Le liquide ainsi émis possède une odeur épouvantable, détectable sur plusieurs centaines de mètres, dit-on. Système singulièrement efficace pour le marquage et la défense du territoire.

Avec le glouton[2] des régions arctiques, l'odeur est si intense que les maisons, souvent visitées au printemps par cet animal, deviennent quasiment inhabitables sans un lavage intensif des lieux. Il est difficile, vis-à-vis d'odeurs aussi marquées, d'opérer une distinction entre phéromone sexuelle, phéromone de marquage de territoire et substance assurant la défense contre les autres espèces.

Chez le porc, c'est le mâle qui produit, par des glandes submaxillaires, des substances odorantes agissant sur la femelle en état d'œstrus. Les truies restent alors immobiles et ne réagissent pas à une

1. *Mephitys nigra.*
2. *Gulo gluscus.*

pression ou à un choc sur leur arrière-train. Ce comportement des femelles semble avoir été connu depuis fort longtemps par les éleveurs qui notaient qu'une truie non réceptive s'enfuyait lorsqu'on lui appuyait avec vigueur sur l'arrière-train, alors qu'elle restait immobile si elle se trouvait en état d'œstrus. L'odeur en question, bien perçue par l'homme, est la fameuse « odeur de porc » qui condamne les voisins d'une porcherie industrielle à des « embaumements » permanents et particulièrement tenaces.

Le porc présente aussi la particularité de détecter les truffes dans lesquelles on a pu mettre en évidence une substance à laquelle il est très sensible[1]. Barbier[2] rapporte à ce sujet une curieuse anecdote : les épouses des chercheurs Claus et Hoppen, sensibilisées par les odeurs que portaient sur eux leurs maris lorsqu'en laboratoire ils avaient travaillé sur un dérivé voisin de ce corps[3], remarquèrent qu'une odeur semblable se dégageait au moment de la cuisson de panais et de céleris, ce qui conduisit à la découverte fortuite de la même substance chez ces végétaux. Elle dégage une très forte odeur d'urine, alors que l'alcool correspondant exhale une senteur musquée. Les deux substances sont présentes chez le porc mâle, mais la première paraît seule active. Fabriquées dans les testicules, puis véhiculées dans les glandes submaxillaires du mâle, ces substances s'accumulent également dans les graisses de l'animal, d'où son odeur spécifique.

Les souris, très proches de l'homme par leur

---

1. L'androsténol.
2. Michel Barbier, *op. cit.*
3. L'androsténone.

biochimie et leur comportement, ont fait l'objet de nombreuses études d'où se dégage nettement la notion d'« effet de groupe ». Les glandes préputiales des mâles du groupe stimulent les femelles et peuvent provoquer l'œstrus à distance. A l'inverse, l'introduction chez une femelle récemment fécondée d'un mâle provenant d'un autre élevage, qui lui est donc étranger, entraîne une perturbation de la maturation du fœtus pouvant aller jusqu'à l'avortement. Si l'on maintient en contact plusieurs femelles en l'absence de mâle, on observe l'arrêt de l'œstrus, et des grossesses nerveuses peuvent se produire. Enfin, si l'on augmente la densité du groupe, son odeur en vient à stimuler les corticosurrénales et à entraîner l'inhibition des gonades : processus classique de régulation des populations en écologie — le taux de fécondité diminuant lorsque la densité augmente, l'agressivité se substituant avec le nombre à la sexualité.

Encore plus près de l'homme, des singes mâles conditionnés à appuyer sur une barre pour pénétrer dans une cage contenant un couple de femelles auront un appétit sexuel d'autant plus élevé que celles-ci auront émis plus de substance active ; sa production est maximale au moment de l'œstrus et son odeur dépend, semble-t-il, de fermentations vaginales.

Chez tous les mammifères, les variations de l'activité sexuelle sont donc en relation étroite avec les odeurs. Une lapine adulte ayant subi l'ablation des bulbes olfactifs présente, par exemple, de graves perturbations du comportement sexuel. Mais, au fur et à mesure que l'on s'approche de l'homme — qui est bien évidemment le but final de cette excursion à travers le règne animal —, les déterminismes chimiques se font moins rigoureux, de sorte qu'on hésite à parler à son propos de phéromones sexuelles. Avec lui, les phénomènes d'acquisition résultant d'un apprentissage commencent à jouer un grand rôle et le déterminisme génétique entre en compétition avec le déterminisme culturel en même temps que la vision vient occuper, dans les appétences sexuelles, une place privilégiée.

L'odorat persiste chez l'homme, quoique avec une acuité réduite. Son rôle dans l'activité sexuelle subsiste néanmoins, ainsi qu'en témoigne chez les deux sexes l'infantilisme génital dans le cas d'une absence congénitale de bulbe olfactif. Certaines odeurs ont un rapport immédiat avec l'activité sexuelle. Ainsi l'odeur de musc est perçue avec beaucoup plus d'intensité par les femmes que par les hommes, et cette sensibilité augmente en période d'ovulation. En revanche, une femme ayant subi l'ablation des ovaires n'y est pas plus sensible qu'un homme. La substance chimique en cause est l'exaltolide. J. Le Magnen[1] a pu montrer que l'injection d'hormones féminines à des hommes augmente immédiatement leur sensibilité à cette molécule. En revanche, des injections d'hormones mâles la diminuent.

Pourtant, en matière d'odeurs, la culture relaie la nature et le rôle de l'éducation semble déterminant. Cela expliquerait les fortes différences observées dans l'interprétation des odeurs, ainsi que l'a montré Heimermann[2] dans sa thèse sur la psychosociologie des parfums. Ainsi l'odeur des

1. J. Le Magnen, *Odeurs et parfums*, PUF, Paris, 1961, collection « Que sais-je ? ».
2. M. Heimermann, thèse en psychologie sociale, Strasbourg, 1972 (2 t.).

poils des aisselles, du pubis et des organes sexuels proprement dits est perçue très différemment selon les sujets, provoquant tantôt attraction, tantôt répulsion. Bien plus, les odeurs varient, semble-t-il, d'un individu à l'autre, et plus encore d'une ethnie à une autre. Si, selon Plutarque, Alexandre le Grand dégageait une odeur suave, on dit que l'Européen considère que le Noir émet une odeur piquante, et celui-ci est réputé estimer à son tour que le Blanc dégage une odeur fade et cadavérique.

Des expériences effectuées en maternité aux Etats-Unis sont très suggestives en ce qui concerne la personnalisation précoce des odeurs. Ainsi les bébés apprennent rapidement à reconnaître leur mère par l'odeur si celle-ci a bien entendu accepté de n'utiliser ni parfum, ni savon, ni déodorant, et qu'elle a évité de se raser, car les poils jouent le rôle de vaporisateur ! Les bébés qui, dans ce cas, reconnaissent leur mère, ne la reconnaissent plus si elle vient à se laver et à se parfumer. En matière d'odeur comme en tout autre domaine, chaque individu présente une spécificité irréductible ; il diffère radicalement des autres jusque par ces mini-variations dans la nature et la quantité des sécrétions corporelles.

Il est pour le moins paradoxal que, pour neutraliser les odeurs naturelles, assimilables à des phéromones par de nombreux auteurs, l'homme ait recours aux odeurs et senteurs des fleurs ! Comme on a pu le dire, serait-il, pour ce qui est des odeurs, un animal dégénéré qui remplace autant qu'il le peut, surtout pour séduire, ses propres émissions chimiques par des molécules empruntées au règne végétal, et rarement, on l'a vu, au règne animal ? Concluant son ouvrage consacré aux phéromones[1], Barbier écrit à ce sujet : « Un immense point d'interrogation subsiste cependant : que savons-nous au juste de la perception inconsciente des odeurs ? Nous avons constaté, lorsque nous rentrons de vacances et que nous sommes désaturés de certaines odeurs de notre environnement, que nous recommençons alors à les percevoir consciemment ; subitement, le métro parisien a une odeur, notre appartement a son odeur propre, notre voisin de travail également, que ne masque plus totalement l'hygiène ; mais, après un certain temps, nous ne sentons plus tout cela, du moins le pensons-nous... ! »

Sur le vaste terrain des odeurs inconscientes ou non perçues, la science est encore silencieuse ; et la substitution des médias floraux aux médias naturels humains reste elle aussi une énigme.

Sur cette énigme, la mouche orientale des fruits[2] pourrait bien nous fournir un début d'explication[3]. Le mâle de cette mouche, en effet, se fabrique un parfum dont il asperge sa femelle une fois qu'il l'a attirée par sa phéromone. Dès lors, ses intentions sont claires et l'affaire ira à son terme. Or, ledit parfum est d'une odeur très agréable, évoquant à la fois le jasmin et la cannelle : c'est l'odeur qui se dégage lorsqu'on jette une rondelle de citron dans du thé chaud. La substance odorante de ce parfum[4] se révèle être une hormone végétale gazeuse de découverte récente et qui n'a sans doute pas fini de faire parler d'elle. La mouche prélèverait-elle son parfum dans les

---

1. M. Barbier, *op. cit.*
2. *Grapholitha molesta.*
3. *Science et Vie*, novembre 1983, p. 92.
4. Jasmonate de méthyle.

plantes, notamment dans les pommiers qu'elle parasite ? On ne le sait pas encore, mais la chose est possible. Auquel cas, son comportement serait l'exact modèle du nôtre, puisque nous puisons nous aussi nos parfums dans les plantes pour séduire nos partenaires, et aimons, comme la mouche orientale, les odeurs de cannelle et de jasmin. Etrange connivence de l'homme et de la mouche dont François d'Assise se désolait de ne point savoir à quoi elle pouvait bien servir...

Perdue et désorientée dans le maquis des odeurs, la culture dominante, d'essence américaine, a résolu le problème en le supprimant : car tel est bien le rôle des déodorants. Leur emploi massif n'exclut pas pour autant le recours aux odeurs artificielles des parfums, ce qui ne manquait pas d'étonner Desmond Morris, auteur du *Singe nu*[1]. D'autant plus que des trésors d'ingéniosité sont dépensés pour rendre ces parfums aussi érogènes que possible ! Si l'écologie chimique de la nature est complexe, celle de la culture l'est plus encore, et des générations de parfumeurs ont consacré leur talent et leur nez à l'élaboration de mélanges aux noms évocateurs : « Nuit d'amour », « Moment suprême », « Chasse gardée », « Câline », sans compter « Vierge folle », « Amour-passion », et, bien entendu, « Shocking »...

Mais l'odeur ne réfère pas qu'au sexe : elle est un puissant support de la mémoire affective. Au fur et à mesure que nous avançons dans la vie, celle-ci s'enrichit d'odeurs mémorisées, puissamment évocatrices, quand nous les rencontrons à nouveau, d'un vécu antérieur. On retrouve ce

1. Desmond Morris, *Le Singe nu*, Grasset, 1968.

thème inlassablement répété chez de nombreux auteurs, de Chateaubriand à Maupassant, de Théophile Gautier à Baudelaire, et naturellement à Marcel Proust. Chacun peut ainsi dresser pour soi une liste d'odeurs « petites madeleines » liées à des expériences passées — en ce qui me concerne, les lilas qui recouvraient le cercueil de mon grand-père, les iris qui embaumaient chez nous tout un coin du jardin...

Mais qu'en sera-t-il des enfants élevés dans ces grands ensembles minéraux, expression « chimiquement pure » de sociétés obsédées de fonctionnalité et de rentabilité ? Ces univers olfactivement neutres et plats ne peuvent qu'appauvrir l'expérience des sens. Heureusement, un mouvement se dessine en faveur du réenrichissement, de la reconquête affective et de l'humanisation des villes, qui passe aussi par un retour des odeurs : odeurs du boulanger, du grilleur de café, du marchand de marrons, qui parfument la rue et marquent l'espace, le rendant plus familier, moins anonyme. D'où, encore, l'importance des arbres et essences odorantes dans les espaces urbains : tels le tilleul, le troène, le philadelphus, les roses, etc.

Dans la vision globale qu'elle propose et l'éthique nouvelle qui la sous-tend, l'écologie tente aujourd'hui de redonner un sens à la vie et au monde. Cette démarche passe par la redécouverte des « sens oubliés » que le monde mécanisé et technicisé a négligés au profit de la machine et du robot, certes plus performants, mais étrangers à notre corps, et de l'audiovisuel, qui encombre l'œil et l'oreille jusqu'à plus soif, mais néglige totalement l'odorat. Car le malaise des âmes est l'expression confuse d'un certain malaise des corps, et l'on ne réconciliera l'homme avec la nature que dans la mesure où l'on saura aussi le réconcilier avec lui-même et ses semblables.

Les déséquilibres sexuels, si fréquemment observés aujourd'hui dans nos univers de métal, de verre et de béton, ne sont peut-être, après tout, qu'une maladroite tentative de revanche des corps marqués par cette profonde rupture qui s'est consommée en moins d'une génération entre l'homme et la nature, et brusquement amputés de leur environnement naturel et culturel. Car si l'homme se crée des environnements nouveaux entièrement artificiels, ceux-ci le marquent à leur tour. L'environnement n'est pas neutre : support de notre existence, il doit rester le cordon ombilical qui nous lie à cette nature dont nous sommes et qui nous porte. L'oublier serait s'exposer aux plus graves périls. Entre l'ordinateur et le marronnier, s'il fallait choisir, c'est le marronnier qu'il faudrait garder.

Troisième partie

LA SENSIBILITÉ DES PLANTES

CHAPITRE 11

Du nouveau sur la sensibilité des plantes

Fixation au sol ou sur un support, immobilité, insensibilité, telles paraissent être les caractéristiques fondamentales des plantes par quoi elles sont radicalement différentes des animaux.

Leur immobilité est certes toute relative, puisque le moindre souffle de brise agite leurs feuilles, en particulier celles, constamment frémissantes, de l'arbre qui porte le nom évocateur de tremble. Parmi la courte liste des premiers sons marquant l'histoire des continents secoués par la fureur des océans, les brutales éruptions volcaniques, les grondements du tonnerre, figurent le hurlement du vent et le souffle puissant des ouragans dans les branchages des arbres.

En revanche, une mobilité qui serait propre aux plantes en dehors de toute intervention extérieure paraît en soi inconcevable. Elle existe pourtant et peut être relevée, par exemple, dans la rapide croissance des jeunes pousses de bambous géants qui progressent à la vitesse des aiguilles d'une montre et peuvent donc être observées à l'œil nu avec de la patience, mais sans aucun artifice, par simple référence à un point de repère fixe. Ces bambous détiennent le record de la vitesse de croissance végétale : 90 centimètres par jour !

Mais il n'est pas à la portée de chacun de se mettre à guetter la croissance des bambous, surtout en Chine où, sous la pression des derniers pandas, ceux-ci ont fortement régressé de leurs habitats usuels. Un millier de pandas qui ne se nourrissent que de bambous : tels sont les derniers survivants d'une espèce animale jadis nombreuse, mais qui a fini par avoir raison de ces graminées géantes. Par leur taille, celles-ci évoquent un arbre, mais, par leur structure anatomique, ce sont en réalité des herbes, comme on le voit à leurs longues tiges, formées d'une succession de nœuds et d'entre-nœuds, qui alimentent entre autres le marché de la canne à pêche, en concurrence avec la très belle canne de Provence si fréquente dans nos paysages méditerranéens.

Mais cette impression statique que donne le monde végétal a complètement disparu depuis l'intervention du cinéma qui, lorsque les images sont prises en accéléré[1], permet de rendre compte de la croissance et du développement des plantes à des rythmes et selon des mouvements jusque-là imperceptibles pour l'œil humain. C'est en 1898, trois ans seulement après les débuts de Louis Lumière, que le botaniste allemand Wilhelm Pfeffer a réalisé le premier film sur la vie des plantes. On y suit notamment le spectacle de l'épanouissement d'une fleur de tulipe écartant ses pétales avec grâce et célérité sous les yeux ébahis du spectateur qui n'avait assurément jamais vu jusque-là une fleur s'ouvrir avec une

---

1. Par la technique du tournage « image par image ».

telle rapidité. A compter de ce jour, les plantes avaient rattrapé une partie de leur retard sur les animaux en conquérant en quelque sorte cette nouvelle dimension spatio-temporelle révélée par le cinéma : le mouvement.

Un siècle plus tôt, il est vrai, en 1790, Goethe publiait son célèbre mémoire sur *La Métamorphose des plantes*[1] : une centaine de courts paragraphes venant couronner les observations botaniques que le grand poète avait effectuées en Italie, notamment sous le ciel de Sicile, au cours d'une mémorable visite au jardin botanique de Palerme. Goethe, ayant étudié très attentivement la genèse des formes végétales, arrivait à la conclusion que « dans le végétal tout est feuille », même si divers organes doivent être considérés comme des feuilles transformées au cours de la croissance et du développement du végétal.

Goethe observe dans l'évolution de toute plante trois phases de contraction et trois phases d'expansion. La vie de la plante commence par l'extrême concentration du végétal dans un minuscule embryon au sein de la graine. Puis la germination initie une vaste phase d'expansion continue qui, s'il s'agit d'une plante annuelle, couvre tout son développement végétatif ; des feuilles se forment dont la taille a tendance à s'atténuer peu à peu au fur et à mesure de la croissance en hauteur. Vient alors une deuxième phase de contraction avec la formation de boutons floraux où les feuilles, réduites et transformées en sépales verts, protègent le bouton et se disposent en rangs serrés sur un plan circulaire. L'épanouissement du bouton met en œuvre le

1. Goethe, *La Métamorphose des plantes*, Ed. Triades, 1975.

deuxième temps de l'expansion, manifesté par l'explosion odorante et colorée des pétales et des étamines. Cet épanouissement de la fleur à la lumière s'atténue par la formation d'un organe clos et de petite taille situé au centre de la fleur : le pistil, dont l'architecture varie selon les types floraux. Au sein de ce pistil formé de feuilles contractées et repliées sur elles-mêmes, caractéristique des plantes à fleurs, la graine se forme tandis que, simultanément, une troisième phase d'expansion se manifeste avec la transformation des parois du pistil en fruit, souvent de grande dimension.

Ainsi s'achève ce cycle des phases d'expansion et de contraction qui avait beaucoup frappé Goethe et qui reste, deux siècles plus tard, l'un des fondements des anthroposophes et de leur façon de « lire » la nature. Ils y voient l'équivalent végétal des mouvements de contraction et d'expansion qui rythment les principaux organes de la vie animale (cœur, poumons, intestins, etc.), mais à une cadence très ralentie. Car la vie, qu'elle soit animale ou végétale, obéit à certains rythmes. Bien qu'ils se remarquent moins chez les plantes, ils marquent de bout en bout leur existence : ainsi de la croissance qui ne s'effectue pas verticalement de manière rectiligne, mais en décrivant des cercles concentriques qui affectent l'extrémité de la tige ; ainsi de la photosynthèse qui recommence chaque matin avec le lever du soleil pour s'interrompre le soir, les plantes vivant au rythme de la lumière que respectent aussi les animaux diurnes ou nocturnes.

Cette approche goethéenne connut une grande influence dans les pays germaniques et s'épanouit par exemple dans l'œuvre de Gustav Theodor

Fechner, *Nanna ou de la vie psychique des plantes*[1], publiée en 1848. Fechner n'hésitait pas à parler de l'« âme » des plantes et de l'« âme » de la nature. Point de vue que reprirent Rudolf Steiner dans ses nombreux écrits datés de la fin du XIXᵉ et du début du XXᵉ siècle, puis, plus récemment et avec quel talent, l'Anglais Ruppert Sheldrake[2]. Il est assez surprenant et plutôt décevant que la botanique officielle ait porté si peu d'attention à ces auteurs, littéralement occultés par la perception purement matérialiste du monde telle qu'elle prévalait à la fin du XIXᵉ siècle et telle qu'elle continue à se perpétuer, notamment en biologie moléculaire où l'impérialisme du gène et de l'ADN finit par éclipser totalement la vivante dynamique des végétaux.

C'est pourtant à la biologie moléculaire que sont redevables les premières observations sur la sensibilité des plantes.

Celles-ci ont à résoudre une difficile équation : comment résister à un environnement hostile lorsqu'on ne peut ni le fuir, comme le font les animaux, ni le modifier, comme le font les humains ? Ce qui condamne les plantes à subir de multiples agressions mécaniques : tempêtes, vent, pluies battantes, neige... On sait que les arbres ont des troncs plus courts, sont plus larges et plus ramassés là où le vent est fort et fréquent. Il en va ainsi en haute montagne et en bordure de mer. On connaît aussi ces arbres des routes littorales, tous parallèlement penchés vers le continent. Or les graines de ces arbres, qu'ils soient nains ou pen-

1. Dans la mythologie scandinave, Nanna était l'épouse de Baldur, dieu de la lumière et du printemps. C'est à elle que la flore était consacrée.
2. R. Sheldrake, *L'Ame de la nature*, Ed. du Rocher, 1992.

chés, redonnent des arbres normaux dès qu'elles sont semées dans des zones moins venteuses : la morphologie de l'arbre est donc influencée ici par l'environnement, non par ses gènes.

Mais voici que les botanistes viennent de mettre en évidence que les plantes peuvent être perturbées par un simple contact ! Le seul fait de les toucher fréquemment conduit à les freiner dans leur croissance et finit par les conduire à adopter une taille plus courte. Comme si la plante se recroquevillait sur elle-même sous l'effet non seulement d'agressions, mais d'un excès de contacts physiques : ce dont attestent éloquemment les bonsaïs...

Le mécanisme conduisant à ce nanisme relatif a pu être partiellement élucidé par des chercheurs américains[1]. Tout se passe au niveau d'une protéine commune à toutes les plantes — et même à tous les animaux —, la calmoduline. Cette protéine, dont la molécule revêt dans l'espace la forme d'un haltère, régule sélectivement l'utilisation du calcium par la plante. Or, un lien étroit a pu être établi entre les mouvements du calcium et la réduction de la taille, encore que l'intimité des mécanismes mis en œuvre demeure obscure. Ainsi les signaux extérieurs, le vent ou le frottement par exemple, sont-ils couplés à une réponse spécifique de la plante grâce aux variations des niveaux de calcium.

Bref, les plantes sont sensibles au toucher et réagissent à toutes sortes de contacts : un vent violent, un spray d'eau intense[2] les perturbent.

1. R. Turgeon et I.A. Webb, *Science,* 1971, *174*, 961, et D. Silvera, *La Recherche*, 199, 2, *226*, 774.
2. D'où l'idée qu'il faut arroser les racines et non les feuilles.

Mais, sur ce sujet, on est encore loin de tout connaître et la science des jardiniers, leur expérience, leurs traditions l'emportent sur le savoir des professeurs et des chercheurs.

La sensibilité des plantes au toucher n'a été démontrée avec précision qu'au début des années 70. Mais, à cette date, on connaissait déjà, et depuis fort longtemps, les étranges mouvements des plantes réactives et sensitives...

CHAPITRE 12

Des plantes mobiles

La scène se passe en Afrique, sur le sol rougeâtre du continent noir. Une généreuse population d'herbes vertes forme une sorte de gazon. En y regardant de plus près, on s'aperçoit qu'il s'agit de plantes légèrement épineuses, aux minuscules folioles[1], semblables par leur feuillage à ce que nous appelons notre mimosa[2]. Or, quelle n'est pas la surprise du promeneur de constater que là où il a posé le pied, un « trou » s'est constitué dans la végétation, mettant à nu le sol africain ! Plus étonnant encore est le sentier qu'il est aisé de tracer à travers cette étrange pelouse en traînant simplement les pieds...

Il ne s'agit pourtant pas d'un écrasement qui aurait tassé la plante sur le sol sans pour autant la faire disparaître. Or, ici, c'est bien d'une disparition qu'il s'agit !

En examinant de près ces sentiers ou ces trous,

1. Les folioles sont de minuscules feuilles situées de part et d'autre d'un axe central ; les botanistes considèrent l'ensemble comme une feuille « composée ».
2. Et qui est en réalité un acacia d'origine australienne.

on constate que la plante s'est intensément rétractée au contact des pieds du marcheur, les folioles se repliant exactement les unes contre les autres et ne présentant plus que leur tranche perpendiculaire au sol ; ainsi camouflées, elles sont à peine visibles.

Ce « mimosa pudique », encore appelé sensitive, a toujours intrigué les botanistes. Au siècle dernier, Frédéric Leclerc, professeur de botanique à Tours, crut même pouvoir signaler chez ces plantes l'existence d'un système nerveux, à l'instar de celui qui régit les mouvements et déplacements des animaux. Hypothèse souvent reprise, mais jamais confirmée...

Ce mouvement déclenché par un choc, une piqûre, un contact, voire un jet d'eau chaude ou une goutte d'acide, se décompose en plusieurs séquences parfaitement isolables dans le temps : il faut 3 à 4 secondes pour que les folioles se replient les unes sur les autres et feignent de disparaître ; si le choc est plus fort, et dans un deuxième temps, le mouvement se communique aux feuilles voisines ; s'il est plus fort encore, l'excitation atteindra toutes les feuilles d'un même côté, puis se transmettra au côté opposé, de sorte que l'ensemble de la plante sera alors atteint. On parvient, à ce stade, à la contraction spatiale généralisée !

En fait, il faut distinguer deux transmissions successives : l'une, rapide, pouvant approcher les deux mètres par minute, qui touche les folioles ; l'autre, quatre fois plus lente, qui se répand dans toute la plante. En somme, c'est par une réponse en deux temps — un rapide, un lent — et trois mouvements — les folioles, les feuilles, puis toute la plante — que s'effectue la rétraction de la sensitive.

Le mouvement est contrôlé par de minuscules renflements situés à la base des feuilles et des folioles, délicatement nommés *pulvinus*, ce qui signifie « coussinets ». Ces *pulvinus* sont normalement gonflés d'eau ; mais, au moindre contact, celle-ci les quitte pour se répartir dans les tissus voisins. La réaction en forme de rétraction débute dans le dixième de seconde qui suit l'excitation ; elle est donc la conséquence d'une baisse du niveau d'eau dans les *pulvinus* — d'une « fuite d'eau », en quelque sorte. C'est le mouvement même que les plantes manifestent lorsqu'elles sont longuement soumises à la sécheresse.

Mais il s'agit ici d'une « sécheresse brutale », et tout intérieure.

Cette capacité à se rétracter et à se cacher au moindre choc vaut à ce mimosa le qualificatif de « pudique » que lui ont conféré les botanistes et qui lui va fort bien. On a bien sûr tenté de trouver une raison d'être à cette curieuse tendance au camouflage ; la première qui vient à l'esprit est la défense à l'égard de la dent du prédateur : la plante disparaîtrait pour ne pas se faire dévorer. Hypothèse plausible, mais non vérifiable. Au demeurant, si ce système marche si bien, pourquoi d'autres plantes n'en font-elles pas autant ?... Mystère !

Originaire cette fois du Bengale, le sainfoin oscillant[1] est une autre illustration de ces mouvements rapides des végétaux. Les paysans de l'Inde disent qu'il fait « danser ses feuilles comme des

1. *Desmodium gyrans.*

serpents ». Ces feuilles, comme celles du trèfle, se subdivisent en trois folioles : l'une large et terminale, les deux autres étroites et plantées à la naissance de la première. Seules les deux petites possèdent à la base un *pulvinus* fonctionnant comme une sorte de moteur qui leur fait accomplir, toutes les deux minutes environ, une rotation de droite à gauche, puis de gauche à droite. Mais, ici, c'est à la lumière que ces folioles sont sensibles ; l'on dit qu'elles le sont tellement que leur danse se ralentit ou s'accélère selon que le ciel est clair ou couvert. Autre mystère que la physiologie végétale n'a toujours pas élucidé...

Si la signification de ces mouvements reste énigmatique, il n'en va pas de même des stratégies mises en œuvre par les organes de la fleur pour assurer, le cas échéant, sa propre fécondation.

L'épine-vinette[1], dont on fait aujourd'hui si couramment des haies buissonnantes, possède de petites fleurs jaunes dont l'étamine s'ouvre curieusement par deux clapets simulant deux oreilles dressées. Il suffit qu'un insecte touche la base de cette étamine pour qu'elle se rabatte aussitôt vers l'organe femelle de la fleur.

Chez le mahonia, ce bel arbuste ornemental très proche de l'épine-vinette, à feuilles persistantes semblables à celles du houx, le mécanisme du mouvement a été étudié avec soin. Les six étamines de la petite fleur jaune sont normalement déployées en couronne doublant la corolle. Les abeilles fréquentent abondamment ces fleurs qui s'ouvrent très tôt au printemps ; elles y prélèvent, pour se nourrir, du nectar mais aussi du pollen.

1. *Berberis vulgaris.*

En touchant la base des étamines, elles déclenchent un mouvement rapide qui enduit leur trompe de pollen. Ce pollen, elles s'affairent ensuite à le ramasser autour de leurs pattes, en boules ou en « culottes », et le transportent ainsi vers d'autres fleurs. Le rabattement simultané des étamines vers les organes femelles de la fleur, sous l'effet de ce contact, s'effectue avec une rapidité telle qu'il prend moins d'un dixième de seconde (c'est là sans doute l'un des records de mobilité dans le monde végétal). Bref, les étamines de mahonia se détendent comme un arc au moindre contact, fût-ce celui d'un cheveu, et, ce faisant, fécondent la fleur tout en nourrissant les abeilles.

Chez les orties, les étamines blotties au fond de la corolle se tiennent accroupies sur leur style. Au moment de la fécondation, elles se détendent brutalement, et le pollen se répand en nuage sur l'organe femelle.

Mais le procédé le plus curieux et le plus original d'éjection du pollen est celui de la rue[1], une herbe médicinale malodorante et fort répandue autrefois en raison de ses propriétés abortives. Les étamines de cette herbe « mal famée », tranquilles et dociles dans la corolle jaune, attendent, sagement rangées en cercle autour du gros pistil trapu. A l'heure des rencontres conjugales, l'épouse bat en quelque sorte le rappel de ses mâles : une étamine se redresse, touche le stigmate ; puis en vient une autre qui, du même mouvement, heurte de front la première et la remet en place... Cet étrange jeu de quilles se poursuit jusqu'à ce que chaque étamine ait ainsi fait son

1. *Ruta graveolens.*

entrechat en se dressant pour frapper l'organe femelle tout en heurtant surtout l'une de ses consœurs. Puis le calme revient après cet énigmatique ballet homosexuel. En suivant le mouvement de près, on découvre que le redressement des étamines s'opère suivant un ordre bien réglé : d'abord la première étamine, puis la troisième, la cinquième, la septième et la neuvième, jusqu'à épuisement du rang impair ; viennent ensuite les étamines du rang pair : la deuxième, la quatrième, la sixième, etc.

Dans *L'Intelligence des fleurs*[1], Maurice Maeterlinck signale qu'il a eu quelque peine à croire au déroulement si rigoureux de ce ballet que décrivaient les botanistes, et qu'il a eu soin de vérifier par lui-même le parfait ordonnancement de ce mouvement avant d'oser le confirmer.

Des mouvements de même nature s'observent chez les bluets, certains cactus, d'autres fleurs encore. Mais point ici de *pulvinus* comme chez le mimosa pudique ; la courbure est due au raccourcissement brutal de la face interne du filet (pédoncule) de l'étamine, formé de grandes cellules riches en eau et en tanins qui fonctionnent à la manière des *pulvinus* de sensitive.

Enfin, parmi les orchidées, certaines espèces américaines[2] ont mis au point un ingénieux et efficace dispositif pour distribuer leur pollen aux insectes pollinisateurs. A la différence de toutes leurs autres congénères, celles-ci séparent soigneusement les deux sexes sur des fleurs différentes. Le pollen des fleurs mâles est, comme il

1. Maurice Maeterlinck, *L'Intelligence des fleurs*, Ed. Fasquelle, 1928.
2. *Catasetum sp.*

156

convient dans cette famille, regroupé en grosses masses jaunes. Des insectes, attirés par une forte odeur de menthe, atterrissent sur la fleur et entreprennent de la brouter. Face à ces mœurs barbares, la fleur a trouvé la réplique qui convient : au moindre contact, des poils raides, hérissant la base des masses polliniques, déclenchent un mécanisme brutal qui les plantent sur la tête des abeilles, comme deux cornes dressées ! La malheureuse abeille, tout étourdie, s'empresse de quitter cette corolle agressive et... de se réfugier dans une fleur voisine qui, s'il s'agit d'une fleur femelle, sera fécondée. C'est bien ce que cherchait l'orchidée américaine...

Darwin avait été fort impressionné par l'ardeur sauvage de ces orchidées. Il suffit d'introduire un doigt dans la corolle pour être saisi et même effrayé par le curieux effet-ressort qui frappe aussitôt, et avec quelle force ! Comme il rapportait cet art de planter des pollinies sur la tête des insectes au célèbre biologiste anglais Huxley, ascendant d'une non moins célèbre lignée, Darwin s'entendit répliquer sèchement : « Et vous pensez vraiment que je vais croire cela ? » Huxley avait bien tort : avec les orchidées, le plus inimaginable est souvent le plus probable[1].

Quittons les étamines et progressons dans notre voyage au centre de la fleur. Là se trouve l'organe femelle, une boîte gonflée par les futures graines. Au-dessus, un mât plus ou moins long, terminé par un organe récepteur, le stigmate. L'ensemble évoque les antennes de télévision qui

---

1. Nous l'avons montré avec plus de détails dans deux ouvrages antérieurs : *Les Plantes : amours et civilisations végétales*, Ed. Fayard, 1981 ; *Mes plus belles histoires de plantes*, *op. cit.*

ratissent les ondes comme le stigmate ratisse les grains de pollen. Mais qu'arrive-t-il, demandera-t-on, si le stigmate est situé *au-dessus* des étamines, si bien que le pollen ne peut l'atteindre directement ? La fécondation directe sera-t-elle encore possible ou bien faudra-t-il avoir recours à la fécondation croisée entre deux fleurs différentes par l'intermédiaire d'un insecte ?

Tel est le dilemme que doit résoudre la nigelle de Damas qui répond aux doux noms contradictoires de « cheveux-de-Vénus » et de « diable-dans-le-buisson »... Plus explicite est son troisième nom vernaculaire, « belle-aux-cheveux-dénoués ». Avec les « cœurs-de-Marie », les « désespoirs-du-peintre », les ancolies et quelques campanules à très grosses fleurs, la nigelle faisait partie des jardins de curé d'autrefois. Les cheveux-de-Vénus ou cheveux-dénoués évoquent les sépales buissonnants que la fleur entretient à grands frais autour de sa belle corolle bleue. Mais laissons la parole à Maeterlinck qui avait un faible pour elle :

« A la naissance de la fleur, les cinq pistils extrêmement longs se tiennent étroitement groupés au centre de la couronne d'azur comme cinq reines vêtues de robe verte, altières, inaccessibles. Autour d'elles se pressent sans espoir la foule innombrable de leurs amants, les étamines, qui n'arrivent pas à la hauteur de leurs genoux. Alors, au sein de ce palais de turquoises et de saphirs, dans le bonheur des jours d'été, commence le drame sans paroles et sans dénouement que l'on puisse prévoir, de l'attente impuissante, inutile, immobile. Les heures s'écoulent, qui sont des années de la fleur. L'éclat de celle-ci se ternit, les pétales se détachent et l'orgueil des grandes reines, sous le poids de la vie, semble enfin s'infléchir. A un moment donné, comme si elles obéissaient au mot d'ordre secret et irrésistible de l'amour qui juge l'épreuve suffisante, d'un mouvement concerté et symétrique comparable aux harmonieuses paraboles d'un quintuple jet d'eau qui retombe dans sa vasque, toutes ensemble se penchent à la renverse et viennent gracieusement cueillir aux lèvres de leurs humbles amants la poudre d'or du baiser nuptial... »

En quelque sorte des noces d'or chez ces plantes annuelles pour qui un jour correspond à l'une de nos années !

Plus extraordinaire encore, le cas d'une sorte de sauge aux pétales rouges comme une soutane de cardinal[1], dont l'extrémité de l'organe femelle évoque la forme d'un « bec » avide de pollen. Que la fleur reçoive du pollen de son espèce, et le « bec » se referme aussitôt avec gloutonnerie. Mais si le pollen provient d'une espèce étrangère, il se rouvre en revanche rapidement (au bout d'environ un quart d'heure). Si le pollen convient, il ne se rouvre que lentement, au bout de plusieurs heures. Tout se passe en somme comme si la fleur « goûtait » le pollen et rejetait celui qui ne lui convient pas.

Après la fleur, le fruit. Connaissez-vous la momordique[2], humble cucurbitacée, assez commune dans le monde méditerranéen ? Son fruit, qui ressemble à un petit concombre (d'où le nom de « concombre d'âne »), est d'une inexplicable exubérance. Il suffit qu'on le touche au moment de sa maturité pour qu'il se détache brutalement

1. *Mimmulus cardinalis.*
2. *Ecballium elaterium.*

de son pédoncule et éjecte à travers l'ouverture ainsi produite un jet puissant et mucilagineux, mêlé de nombreuses graines. Ce jet est assez fort pour emporter la semence à 4 ou 5 mètres de la plante mère ! Un jet aussi extraordinaire que si nous parvenions, toutes proportions gardées, à nous vider, d'un seul mouvement spasmodique, de tous nos viscères, et les projetions à un demi-kilomètre de ce qu'il resterait de nous !

Sous cette rubrique de l'artillerie végétale, il convient d'évoquer aussi la grande épurge[1]. Cette mauvaise herbe de forte taille porte des capsules à trois lobes verdâtres renfermant les graines. De temps à autre, un de ces fruits éclate avec fracas et projette ses graines de tous côtés, aspergeant les meubles, les murs, etc., si d'aventure on a introduit cette plante dans sa maison. Que l'une de ces graines vous atteigne au visage et vous croirez avoir été piqué par un insecte, tant est grande la force d'éjection de ces minuscules semences à peine plus grosses que des têtes d'épingles.

Dans la famille de l'épurge[2], un arbre très courant en Afrique[3] a été affublé du qualificatif de *crepitans* qui exprime son aptitude à jouer les mitraillettes. A la tombée du jour, lorsque la température baisse, ces arbres crépitent en effet allègrement, ce qui n'éloigne pourtant pas ceux qui aiment se reposer à leur ombre ; car le tronc est hérissé d'épines, donc particulièrement infréquentable pour les serpents qui, dit-on, ne grimpent jamais dans le feuillage de ces arbres,

1. *Euphorbia lathyris.*
2. Euphorbiacées.
3. *Hura crepitans.*

souvent plantés dans les villages. Quant aux ressorts qui animent ses fruits, passés maîtres dans l'art de la balistique végétale, ils commencent à être entrevus...

De fines observations ont en effet permis d'élucider les mécanismes « actifs » mis en œuvre par certains fruits pour disséminer leurs graines. Ceux-ci tiennent généralement à la présence, à l'intérieur de ces fruits, de longues fibres cellulosiques dont les membranes, d'épaisseur inégale, se gonflent ou se dégonflent en fonction du degré d'humidité de l'air. Il en résulte de fortes tensions qui provoquent la rupture brutale des parois du fruit avec éjection des graines, ou encore des torsions qui permettent aux fruits ou aux graines de ramper littéralement sur le sol, voire même de s'y enraciner.

Les fruits du géranium sanguin[1] illustrent le premier cas de figure. Les jolies petites fleurs rouges donnent à maturité un fruit capsulaire à cinq loges, surmonté d'un long bec. La contraction des fibres dans ce bec amène brusquement les loges à se séparer les unes des autres, chacune étant littéralement arrachée de son support et de ses voisines, et projetée en l'air avec éjection des graines. En fin d'opération, l'ensemble simule étrangement une sorte de lustre à cinq branches recourbées vers le haut, où les capsules vides occuperaient la place des lampes.

Certaines violettes et pensées sauvages usent de dispositifs analogues : les parois du fruit, revêtues de fibres, exercent sur les graines une pression croissante au fur et à mesure de leur dessiccation. Cette pression finit par être si forte que les

---

1. *Geranium sanguineum.*

graines se détachent du placenta et sont éjectées l'une après l'autre, exactement comme on expulse un noyau de cerise par pression entre ses doigts.

Des violettes d'Afrique du Nord dispersent également leurs graines en explosant ; ces graines sont très prisées par les fourmis qui les amassent dans leur nid et se régalent des matières nutritives qui recouvrent leurs parois. Elles attendrissent du même coup leur tégument dur, ce qui facilite grandement la germination ultérieure. Bien plus, après avoir effectué ce travail, les fourmis rejettent les graines de leur nid et les ensemencent en quelque sorte. Ainsi traitées, ces graines germent beaucoup mieux que celles qui n'ont pas eu la chance de trouver une fourmi sur leur chemin et dont la paroi, très dure, rend la germination aléatoire.

L'avoine stérile[1], herbe courante de la région méditerranéenne, au demeurant fort mal nommée puisque chaque épillet[2] porte deux fleurs fertiles, a su mettre au point un système fort original de dissémination des graines. Les épillets, porteurs de graines mûres, tombent sur le sol. Chacun d'eux est prolongé par deux longues arêtes parcourues de fibres qui se tordent et se détordent en tous sens selon le degré d'humidité. Si, d'aventure, les mouvements des deux arêtes se conjuguent favorablement, l'épillet se déplace sur le sol comme le ferait un animal singulier, à la fois bipède, rampant et fort maladroit dans sa démarche ! Cette progression, qui peut amener l'épillet à plus de 10 centimètres de son point de chute, est aussi lente et laborieuse que celle d'un

1. *Avena sterilis.*
2. Petit épi caractéristique de la famille des graminées.

brin d'herbe emporté par des fourmis poussant ou tirant à hue et à dia, sans aucune coordination « intelligente » des mouvements ; le brin d'herbe ne se déplace que lorsque le hasard veut que les forces se conjuguent, ce qui, statistiquement, finit toujours par arriver[1].

Une petite herbe, proche du géranium[2], fait mieux encore : ses fruits sont surmontés d'une longue arête courbée qui, par ses contorsions, peut les « vriller » dans le sol, comme le ferait un vilebrequin ou quelque animal à bec fouisseur. Voilà donc une plante qui, à proprement parler, se plante elle-même !

1. Les fameux pois sauteurs, qui connurent une certaine vogue il y a quelques années, étaient plus dynamiques : il est vrai que leur moteur était à l'intérieur, sous la forme d'un insecte captif dont les soubresauts animaient le pois.

2. *Erodium cicutarium.*

CHAPITRE 13

Les plantes volubiles

Parler de plantes volubiles ne signifie pas que l'on va engager avec ces végétaux de généreuses conversations... On comprendra qu'il s'agit de plantes tout simplement grimpantes, telles que nous en voyons chaque jour sans y prêter la moindre attention. Pourtant, comme le dit justement Pierre Rossion dans un récent article, « si l'on pouvait attribuer un quotient intellectuel aux végétaux, les plantes grimpantes viendraient en tête, et ce prix d'intelligence se doublerait d'un prix de gymnastique[1] ». De fait, leurs prouesses étonnent et évoquent à nouveau, pour les botanistes, la notion d'« intelligence végétale » chère à Maeterlinck. Et Rossion d'ajouter que « les lecteurs qui auront planché sur les nœuds marins au cours d'un stage de voile ou de leur service dans la Royale, seront surpris d'apprendre qu'une plante grimpante comme la passiflore utilise les variantes du nœud de vache, de chaise, ou du nœud simple... pour se fixer sur ses supports » !

1. Pierre Rossion, *Science et Vie*, 1990, n° 877.

A vrai dire, une première distinction s'impose entre les plantes volubiles à proprement parler, qui entourent leurs supports, comme le haricot, le liseron ou le houblon, et les plantes à vrilles qui s'accrochent par de fins serpentins en forme de ressorts, comme la vigne, le pois, la passiflore ou la bryone.

L'extrémité des plantes volubiles décrit dans l'espace des cercles plus accusés que ceux que décrivent les plantes ordinaires au cours de leur croissance, même si ces mouvements sont invisibles du fait de leur lenteur ; puis elle bute sur le tuteur et l'enlace. Il n'y a pas de direction privilégiée dans ce mouvement d'enroulement qui s'effectue, pour le haricot, dans le sens des aiguilles d'une montre, pour le houblon dans le sens inverse. Si les tiges en croissance des volubiles mettent en gros une heure et demie pour décrire un cercle de bon diamètre — ce qui augmente leurs chances de tomber sur le tuteur ! —, les vrilles, elles, décrivent des ellipses aplaties en seulement une heure, tantôt à droite, tantôt à gauche ; si l'on change de place le tuteur, on remarque que le mouvement de balancier se déplace lui aussi en direction du support.

Le cinéma en accéléré rend parfaitement compte de ces mouvements et achève de réduire à néant l'idée d'immobilité et d'insensibilité des plantes. Pour autant, le mécanisme intime de ces mouvements reste encore inconnu. Sans doute s'agit-il, dans les vrilles ou à l'extrémité de la tige volubile, d'une différence de pression, les cellules se vidant de leur eau et cessant d'être turgescentes du côté du support, ce qui entraîne une asymétrie de croissance, comme chez les sensitives et divers exemples précités. Il est probable que ces processus sont régulés par la calmoduline et ses homologues, enzymes qui régissent l'utilisation du calcium par la plante et dont il a déjà été question à propos des effets du frottement, du toucher et du vent.

Quant à savoir ce qui dirige le mouvement de la tige volubile ou de la vrille vers le support, c'est une tout autre affaire. Des recherches sont en cours à ce sujet, menées par des équipes françaises qui ont repris le flambeau de Darwin, lequel publia en 1875 un ouvrage sur les plantes grimpantes. Lucien Baillaud, de Clermont-Ferrand, et Bernard Millet, de Besançon, nous apporteront peut-être, dans les années à venir, des informations décisives en ce domaine. On vient de signaler, à ce propos, la présence de petites papilles sur les vrilles d'une liane originaire du Chili[1]. Ces papilles sont manifestement des organes sensibles aux chocs et aux frottements intervenant dans la fixation sur les tuteurs. Mais agissent-elles dans sa reconnaissance à distance ? C'est là un mystère de la physiologie végétale qui n'a pas encore trouvé le moindre début d'explication. Mais il n'est pas interdit de rêver : et si vrilles ou axes volubiles émettaient, par le biais de papilles ou de cellules spécialisées, des hormones gazeuses qui, en butant sur le support, créaient au point de contact un remous, puis un reflux censé rapporter vers l'organe intéressé l'information sur la place et la position de ce support ? Il ne lui resterait plus alors qu'à orienter sa croissance dans cette direction... Hypothèse parfaitement gratuite, mais qui ne demande qu'à être vérifiée !

---

1. *Ecremocarpus scaber* (bignoniacées).

CHAPITRE 14

La mémoire des plantes

Nos connaissances sur le fonctionnement des plantes arrivent à un tournant. L'image des plantes insensibles, immobiles, quasi minérales, s'estompe peu à peu. Au cours de ces dernières années, des phénomènes électriques ont été mis en évidence chez les plantes réactives déjà décrites, où le signal est lié au système de gonflement et de dégonflement par l'eau des cellules sensibles (turgescence). Egalement, l'existence de potentiels électriques a pu être prouvée chez d'autres espèces : ils prennent naissance au moment d'un stimulus — une blessure, par exemple — et se propagent en provoquant une accumulation de protéines à l'endroit même de la blessure et dans les régions avoisinantes non atteintes ; un véritable phénomène de cicatrisation, en quelque sorte.

Longtemps, on a cru que ces signaux étaient de nature chimique ; or la démonstration a pu être faite qu'il s'agit de signaux électriques semblables à ceux que l'on constate chez les animaux inférieurs. Ainsi un nouveau lien a-t-il pu être établi entre le monde végétal et le monde animal par la découverte de ces « influx nerveux », chez les tomates notamment[1], les chercheurs n'hésitant pas à souligner que ce réseau de conduction qui, pour les longues distances, s'effectue par le système vasculaire des plantes, n'est pas sans évoquer un système nerveux. Bien plus, à la notion de migration d'une onde électrique s'ajoute la capacité du végétal à mémoriser un signal, notamment un traumatisme qu'on lui a fait subir. En ce domaine, la science française est en pointe.

Les recherches relatées ici ont été effectuées par des équipes, initiées par le professeur Champagnat, des universités de Clermont-Ferrand et de Rouen[2]. En réalité, il s'agit des premiers éléments concernant un thème qui, dans le futur, devrait connaître de larges développements et peut-être des applications pratiques originales. La question est simple : les plantes ont-elles une mémoire ? Réponse : il semble que oui, même si celle-ci reste rudimentaire et ne s'applique qu'à des faits particuliers se rapportant à leur état de santé.

Les chercheurs ont d'abord travaillé sur la bryone, une plante grimpante qui produit de jolies baies rouges, courante dans les jardins et dont les vrilles s'enroulent en tire-bouchon ou en ressort ; sa croissance est rapide et vigoureuse, d'où l'origine de son nom qui vient du grec *bruo* (« pousser avec vigueur »). La plante forme une feuille et une vrille chaque jour ; elles sont alors séparées de celles des jours précédents par des entre-nœuds qui atteignent leur allongement

1. J.F. Thain et D.C. Wildon, *Sc. Progress.*, Oxford, 1992, 76, 553-564.
2. M.O. Desbiez, N. Boyer et M. Thellier, *La Recherche*, 1992, 240, 188-196.

maximum en quarante-huit heures environ. C'est sur un tel entre-nœud — cette partie de la tige séparant deux feuilles — que nos chercheurs ont pratiqué un frottement simulant une agression. Ils ont alors constaté que cet entre-nœud réduisait sa croissance et fabriquait dans ses tissus plus de bois que les autres.

Ainsi se confirme l'effet, déjà signalé[1], du contact, du frottement ou de la pression sur la croissance des plantes. Jusqu'ici, il s'agit d'un simple réflexe, induisant la classique réaction de contraction, de tassement sur lui-même et d'hyperlignification de l'entre-nœud : c'est la première phase de l'expérimentation. La deuxième sera encore plus probante.

La mémoire de la plante peut être vérifiée de façon spectaculaire en pratiquant des cultures de tissus en laboratoire. C'est ce qu'on a fait avec des tissus de bryone sur milieu artificiel et nutritif, obtenant ce que les spécialistes appellent un cal, c'est-à-dire une culture primaire formée d'un amas de cellules indifférenciées. Il est aisé, ensuite, de prélever un fragment de ce cal, de le replanter sur le milieu nutritif et de le faire proliférer à son tour ; puis de reprendre sur cette culture un autre fragment, et ainsi de suite. Les chercheurs ont pu démontrer que les « sous-cultures » successives se « souviennent » de l'irritation première, et ce, jusqu'à la quatrième génération : on remarque en effet que la teneur en bois des tissus reste plus élevée. Bref, la mémoire de l'irritation se transmet à travers la lignée de cellules cultivées jusqu'aux arrière-petites-filles des cellules initiales, comme si ce caractère était

1. Voir chapitre 11.

devenu héréditaire ! Voilà de quoi faire trembler ceux, si nombreux, qui nient la possible hérédité de caractères acquis ! Le phénomène se produit, il est vrai, en dehors de toute reproduction sexuée.

Des expériences ont été menées sur une autre espèce de plante originaire d'Amérique tropicale[1]. Jeune, juste après germination, cette plante présente la physionomie générale de ses consœurs du vaste groupe des dicotylédones : une tige initiale se dresse sur quelques centimètres et se termine par les deux premières feuilles, les cotylédons, entre lesquelles apparaît un minuscule bourgeon qui se développera pour donner la tige adulte et les feuilles. L'expérience consiste à soumettre ces cotylédons à des piqûres d'aiguilles ; quelques-unes suffisent à provoquer une diminution de la vitesse de croissance de la tige initiale (l'hypocotyle). Cette réduction de croissance est proportionnelle au nombre de piqûres reçues, surtout si la plante se trouve placée dans un milieu pauvre en substances nutritives. Dans le cas inverse, dans un milieu riche, l'inhibition de la croissance de l'hypocotyle par piqûre est pratiquement négligeable. Or ce qu'on pourrait appeler le « message d'inhibition de la croissance de l'hypocotyle » reste mémorisé dans la plante. Il suffit en effet qu'on la réinstalle dans un milieu pauvre pour que cette inhibition se manifeste, même plusieurs jours plus tard : la croissance se ralentit, tandis que tout se passe normalement pour les cultures servant de témoins.

Il est remarquable de constater que les cotylédons ne souffrent nullement du traitement par

1. *Bidens spinosa* (astéracées).

piqûre, la seule conséquence se manifestant à distance par la réduction de croissance de l'hypocotyle. Il y a donc bien transmission d'un message de la zone stimulée à la zone réactive.

Les chercheurs ont poussé plus loin leurs expérimentations en procédant à l'ablation pure et simple des deux cotylédons. L'inhibition s'est alors produite de la même façon que précédemment. Dans ce cas, il y a migration d'un message d'inhibition des cotylédons vers l'hypocotyle, soit en gros à deux centimètres de distance.

Certes, les chercheurs ont tenté de montrer les phénomènes biochimiques qui pouvaient expliquer ce phénomène. Ils ont constaté qu'il y avait augmentation de la libération d'éthylène (ce qui, notons-le, vient confirmer l'histoire des koudous d'Afrique du Sud, où des arbres soumis à une intense prédation dégageaient également de l'éthylène qui allait informer d'autres arbres et les mettre ainsi « en garde » contre l'action des koudous brouteurs). On peut donc penser que la libération d'éthylène est en rapport avec les effets d'agression et d'irritation perpétrés sur les végétaux.

Pour les deux plantes précitées — la bryone et le *Bidens* —, le message d'inhibition de la croissance peut être stocké en mémoire durant plusieurs semaines. Il peut rester latent jusqu'à ce que d'autres stimulations appliquées au végétal entraînent l'expression du message mémorisé.

On raconte qu'il existait en Inde, jusqu'au siècle dernier, une étrange coutume consistant à fouetter les cotonniers en cours de croissance, sans doute pour la freiner et intensifier ainsi la production. Là encore, nous retrouvons l'histoire des koudous dont les puissants effets prédateurs sur les acacias, avec ses conséquences biochimiques, pouvaient être simulés par le fouettage des arbres. C'est ce que firent les étudiants et qui eut pour résultat d'augmenter les productions de tanins et le dégagement d'éthylène. Par ailleurs, des chercheurs américains ont réussi à empêcher un allongement excessif des chrysanthèmes par application de trains de vibrations et d'agitations des jeunes cultures. De la même manière, grâce à une agitation manuelle, il est possible d'empêcher un trop fort allongement de plants de tomate cultivés en serre.

Finalement, il y a tout lieu de croire que, dans des conditions climatiques défavorables (sécheresse, températures excessives, excès de vent, etc.), les plantes emmagasinent un message d'inhibition dont les effets différés peuvent se manifester à long terme. On vient de démontrer au Canada que les arbres d'une même population, après une première sécheresse dont ils se sont apparemment remis en moins de dix ans, se comportent différemment lors d'une seconde, vingt-cinq ans plus tard : les uns récupèrent rapidement, alors que d'autres dépérissent. Y aurait-il eu inégale mémorisation du premier message ?

En conclusion, il faut noter que nous n'en sommes encore qu'aux balbutiements en matière de recherche sur la mémoire des plantes. Sans doute faut-il aussi faire un distinguo entre les divers niveaux de stress et probablement aussi la plus ou moins grande sensibilité des diverses espèces de plantes, les résultats rapportés ici ne concernant que quelques-unes d'entre elles. Mais le fait que les plantes soient sensibles au stress et stockent des messages d'inhibition de la croissance à plus ou moins long terme, peut-être régu-

lés par l'éthylène, incite à rapprocher les mécanismes vitaux des végétaux de ceux des animaux ;
et à témoigner, une fois de plus, de l'unité stupéfiante de la vie par-delà la multiplicité des formes
et des apparences.

Comment, de ce fait, ne songerait-on pas à
relever un peu plus encore la barrière, jadis
infranchissable, séparant le règne végétal du
règne animal ? Car on retrouve ici l'« intelligence
des plantes » dans leur extraordinaire aptitude à
« lire » les conditions du milieu et à s'y adapter ;
aptitude qui prend gravement en défaut deux
définitions du *Petit Larousse* : « végétatif : qui
évoque les végétaux par son inaction » ; et, pis
encore, « végéter : croître en parlant des plantes,
vivre médiocrement, se développer difficilement » ! Présentation doublement fautive quand
on songe au port majestueux des eucalyptus australiens et des séquoias américains qui dépassent
largement les cent mètres de haut !

CHAPITRE 15

Des plantes assassines

L'ordre de la nature veut que les animaux se nourrissent de plantes et que celles-ci s'alimentent à leur tour « directement » en réalisant une synthèse des quatre éléments : les sels de la terre, le gaz carbonique de l'air, le feu du soleil et l'eau, source de toute vie ; elles vivent « de l'eau et de l'air du temps », en quelque sorte ! La matière vivante ainsi photosynthétisée sert à l'alimentation des animaux, directement ou indirectement inféodés, selon qu'ils sont herbivores ou carnivores, au monde végétal. Telle est la loi première de la nature.

Où la plante ruse avec l'insecte

Avec l'apparition des plantes à fleurs, il y a environ 150 millions d'années, des rapports d'un nouveau style s'instaurent entre plantes et animaux : des services mutuels s'ébauchent, les fleurs offrant aux insectes pollinisateurs de succulents nectars en échange du précieux service rendu par le transport du pollen d'une fleur à l'autre. Commence alors la longue et passionnante histoire des relations de plus en plus subtiles entre insectes et fleurs[1].

Lors de ces échanges, il arrive que l'équilibre vienne à se rompre au détriment de l'insecte : ainsi des énormes fleurs de ce nénuphar aux feuilles géantes de l'Amazone[2] que les dictionnaires d'autrefois représentaient portant un personnage qui, dans la réalité, n'aurait pas manqué de couler ; ces fleurs encore primitives emprisonnent durant plus de vingt-quatre heures les coléoptères brouteurs qui les dévorent, mais qui, également, les pollinisent.

L'orchidée baquet[3] fait subir à son partenaire ailé[4] des émotions plus violentes encore, ajoutant à cette stratégie de l'emprisonnement celle de l'envoûtement : en effet, l'insecte, enivré par l'odeur du liquide contenu dans la fleur, finit par y tomber, complètement groggy. Revenu à lui, il doit parcourir, en une pénible reptation, un tunnel étroit et d'accès difficile, son unique chance de salut. C'est à l'issue de ce laborieux parcours que l'insecte intercepte les masses polliniques pour les transporter sur d'autres fleurs, lesquelles le piégeront de la même façon mais qu'il fécondera de ce pollen.

Plus sadique encore, la famille des asclépiadacées a multiplié les traquenards ; sa fréquentation est toujours, pour l'insecte, un exercice redoutable et périlleux. A la moindre maladresse, le voici pris au piège de ces fleurs cruelles : certaines l'emprisonnent plusieurs jours avant de lui

1. Voir à ce sujet mon ouvrage, *Les Plantes : amours et civilisations végétales*, Fayard, 1981.
2. *Victoria regia.*
3. *Coryanthes sp.*
4. Mouches euglossines.

concéder la liberté ; mais d'autres, mettant en œuvre l'arsenal classique du sadomasochisme, lui happent les pattes dans de rigides tenailles, l'enchaînent sans pitié et le laissent se débattre des heures durant jusqu'à ce que mort s'ensuive. Une stratégie mystérieuse qui ne fait d'ailleurs pas l'affaire de la fleur, car, en capturant l'insecte, elle se prive des moyens de lui confier son pollen. Mais cette mort n'est pas perdue pour tout le monde, car on voit les fourmis se jeter sur le moribond, précipitant son exécution et son dépeçage.

Il arrive que le rapport de forces s'inverse davantage encore et que l'insecte devienne purement et simplement la proie des plantes. Tel est le « charisme » propre aux plantes carnivores dévoreuses d'insectes ; celles-ci appartiennent toujours au monde vert, mais, pour se nourrir, fonctionnent en quelque sorte « à l'envers » !

Plantes carnivores ou cannibales ?

Les plantes carnivores ont toujours été considérées comme une incongruité, une aberration dans l'ordre de la nature. Si l'animal se nourrit de plantes, comment une plante peut-elle se repaître d'animaux ? D'où l'effet prodigieux que la découverte de ces espèces carnivores produisit sur l'imagination populaire et, plus encore, sur celle des botanistes fascinés par ce curieux phénomène d'inversion du rapport alimentaire.

L'Antiquité, dont on sait qu'elle n'excellait pas dans le sens de l'observation, puis le Moyen Age ignorèrent les plantes carnivores. Il fallut attendre le début du XVIIe siècle pour voir apparaître les premières relations, généralement agrémentées de surprenants commentaires où l'observateur semblait donner libre cours à son imagination. Le botaniste allemand Karl Litche, par exemple, prétendait avoir été le témoin d'un sacrifice humain perpétré par un arbre anthropophage de Madagascar, dont il rapporta la scène dans un journal scientifique de Karlsruhe : « Arrivée près de l'arbre, la jeune fille se hissa péniblement le long du tronc, atteignit la fleur gigantesque et but un peu du liquide qui se trouvait à l'intérieur de la corolle. Redescendue, elle s'adossa à l'arbre, les yeux clos, les mains crispées sur l'écorce rugueuse. C'est alors que les étamines, une à une, commencèrent à grandir, à saillir de plus en plus, se courbant, descendant vers la proie qui, paralysée par le breuvage absorbé, se tenait immobile. Elles lui enlacèrent la taille, s'agrippèrent à sa gorge, lui entourèrent les bras et les jambes. Pendant ce temps, les feuilles à leur tour s'étaient mises à bouger ; elles se déplièrent, laissant voir deux rangées d'épines acérées. » On devine la suite.

Ce morceau de bravoure relève naturellement de la botanique-fiction, où les plantes étrangleuses, ensorceleuses, empoisonneuses, dévoreuses ou cannibales ont fait la fortune de bien des auteurs. Dans la nature, leurs performances sont plus modestes et leurs appétits ne menacent guère que les insectes.

Des quelque 530 espèces de plantes carnivores qui existent de par le monde[1], aucune n'a poussé aussi loin l'imagination concernant sa propre anatomie ; aucune n'a transformé ses fleurs, qui continuent d'entretenir avec les insectes les rapports les plus courtois. Toutes, en revanche, ont modifié leurs feuilles, les transformant en papier

1. Soit environ deux espèces de plantes à fleurs sur mille.

tue-mouches, en nasses ou en pièges. La feuille est donc l'unique organe carnivore de la plante mangeuse d'insectes ; elle ne se contente plus, comme ses congénères, de « pomper l'air » pour la photosynthèse, elle apprend également à « pomper » les substances vitales de la malheureuse bestiole qu'elle emprisonne.

Les redoutables tentacules du drosera

La plus classique et la plus connue de nos plantes carnivores est le drosera. Celui-ci n'a pas la souplesse adaptative du coquelicot ou de la marguerite que l'on rencontre un peu partout. Il occupe, pour parler le langage de l'écologie, une « niche » ou une « maison » particulière où la concurrence des autres plantes est limitée : cette maison, c'est la tourbière.

Dans ces milieux froids, spongieux, aux eaux acides et pauvres en bactéries, à la vie biologique léthargique, le drosera apporte sa note originale et fantaisiste. Certes, il ne pèche pas par orgueil. Il faut, pour l'admirer, le contempler de près : ses feuilles presque rondes[1], qui ne dépassent guère un centimètre de diamètre, forment une petite rosette au pied d'une tige dressée où s'épanouit en été une belle hampe porteuse de fleurs des plus ordinaires ; en revanche, ces feuilles, tout hérissées de tentacules, évoquent la planche à clous des fakirs, une planche dont on aurait eu soin, toutefois, d'émousser les pointes acérées, car chaque tentacule, d'un rouge écarlate, se trouve coiffé d'une glande remplie d'un liquide visqueux sécrété par la plante. Chacune de ces glandes

1. *Drosera rotundifolia.*

réfracte la lumière solaire, étincelant pour l'œil à facettes de l'insecte, comme le font les glandes nectarifères des fleurs.

L'insecte, bien entendu, n'y voit que du feu : il se précipite sur la feuille et déclenche aussitôt le piège. Le drosera révèle alors sa vraie nature, celle d'un carnassier, mais, pour l'insecte, il est trop tard. Déjà une glu épaisse et poisseuse s'étend sur son corps. Plus grands seront ses efforts pour se dégager, plus rapide sera l'agression carnivore de la plante dont chaque tentacule se rabat tour à tour sur la malheureuse victime. Plus elle tente de s'échapper, plus elle s'empêtre. Ses pattes, ses ailes, son abdomen se débattent dans ces gouttes de colle visqueuse, tandis que les tentacules l'emprisonnent avec une lenteur toute végétale. Ligoté et englué, l'insecte subit la mort la plus affreuse qui se puisse imaginer : il est digéré vif par les sucs digestifs des glandes. Quelques jours plus tard, ne subsiste qu'une carcasse desséchée, sorte de squelette en forme de cuirasse incomestible, vidée de toute substance nutritive. Puis les tentacules se redressent et livrent ce qui reste de leur proie : un squelette chitineux que le vent emporte.

Mœurs et régime alimentaire des droseras

Les comportements et mœurs alimentaires des droseras sont bien connus[1]. La plante ne manifeste aucune attirance pour une substance qu'elle ne considère pas comme comestible. Une brindille apportée par le vent ne provoque qu'une

---

1. M. Pérennou et C. Nuridsany, *Géo*, 1979, 9.

inclinaison toute provisoire de ses tentacules, simple fausse alerte en quelque sorte. Par contre, un apport de minuscules fragments de viande produit un effet immédiat. Le bifteck sera digéré en quelques jours dans un abondant gargouillis de sucs digestifs pouvant aller jusqu'à une véritable indigestion : une feuille qui ne vient pas à bout d'un morceau trop généreux finit par pourrir, noyée dans ses propres sucs. Des « indigestions » de cette nature ont pu être observées sur des feuilles en forme de grands cornets de plantes carnivores tropicales, les sarracenias, consumées par l'abondant effort produit pour digérer d'impressionnantes quantités d'insectes piégés dans leurs sécrétions gastriques.

L'attrait particulier que le drosera porte aux protéines se manifeste par la vitesse avec laquelle ses tentacules se précipitent sur les appâts de viande : le dépôt d'un morceau de viande suscite un mouvement des tentacules cinq fois plus rapide que celui mesuré après la capture d'un insecte. Celui-ci, il est vrai, cache sa « viande » sous son squelette externe à la manière d'une crevette, d'une langouste ou d'un homard. Il est donc normal qu'il faille à la plante quelques instants supplémentaires pour arriver au « vif du sujet » !

Darwin avait testé les préférences alimentaires des droseras. Selon les meilleures traditions de l'Angleterre victorienne, il avait commencé par leur proposer du sucre et des infusions de thé. Ces mets n'eurent aucun succès. En revanche, le blanc d'œuf, la salive, des débris d'os furent très appréciés ; un dépôt d'urine déclencha même une vive réaction. Or tous ces « aliments » contiennent de fortes teneurs en azote, comme d'ailleurs la viande qui représente le principal apport azoté de notre ration alimentaire. Le doute ne saurait donc subsister : il s'agit bien d'une plante carnivore au vrai sens du terme, qui trouve dans sa nourriture carnée ce supplément d'azote dont elle a besoin, car l'eau des tourbières, particulièrement acide, en contient fort peu.

En observant la vie quotidienne du petit monde qui s'affaire sur les tourbières, on peut, par de patientes observations, établir le menu habituel des droseras : mouches et moustiques en constituent l'ordinaire ; mais il arrive que de surprenants extras viennent le corser. Ainsi les tipules, qui entretiennent avec les droseras des relations épiques. Ces insectes dégingandés sont frappés d'une sorte d'étrange infirmité congénitale : affublés de pattes arrière « trop » longues, ils naissent en quelque sorte boiteux. Par chance, leurs attaches et articulations sont fragiles : une tipule piégée par une feuille de drosera se libérera aisément en abandonnant sur place tout ou partie de ses pattes démesurées, ce qui ne l'empêchera nullement par la suite de voler et de se déplacer. Cette auto-amputation salvatrice ne laissera à la plante carnivore qu'une bien maigre pitance ; car une patte de tipule n'est pas une patte de grenouille, et sa cuisse n'est guère plus épaisse qu'un fil... Maigre repas, en vérité, pour la plante flouée !

La grassette, version végétale
du papier tue-mouches

Notre exploration des tourbières n'est pas terminée.

Proche des droseras, la grassette[1], petite plante à fleurs ornementales, n'est, à première vue, pas suspecte : une simple rosette de feuilles entoure une hampe dressée, couronnée d'une jolie fleur violette en cloche ; ni tentacules visibles, ni glande écarlate. Pourquoi les insectes hésiteraient-ils à s'y poser ? D'autant que son aspect luisant semble promettre quelque succulente sécrétion.

Si l'on atterrit fréquemment sur les feuilles de grassette, on n'en décolle guère ; car leur surface est, en réalité, constituée de milliers de glandes microscopiques sécrétant un revêtement gluant qui évoque un véritable papier tue-mouches. A les voir constellées de minuscules cadavres rabougris, on ne saurait douter de l'efficacité de ce piège. Marie Pérennou et Claude Nuridsany[2] ont pu même observer sur des grassettes ce qu'ils qualifient de véritables scènes d'horreur : « Si la fantaisie morbide nous prenait de regarder à la loupe des journées durant ce qui se passe sur un papier tue-mouches, nous ne serions pas autrement scandalisés. Nous avons vu un jour un puceron femelle agonisant continuer à pondre ses rejetons, telle une machine incapable de débrayer son mécanisme absurde. Il livrait ainsi sa progéniture à l'impitoyable ogre végétal. Les minuscules créatures titubantes se trouvaient digérées dès leurs premiers pas. »

Mais voici qu'apparaît, sous l'eau cette fois, un troisième larron : l'utriculaire, minuscule plante aquatique aux feuilles filamenteuses, portant de petites outres vertes et transparentes, les

1. *Pinguicula.*
2. *Op. cit.*

utricules. On avait pris ces organes étranges pour des flotteurs analogues à ceux des algues qui couvrent les plages ou les rochers bretons, et accompagnent les huîtres dans les restaurants. Mais il n'en est rien.

La nasse des utriculaires

L'outre des utriculaires est en réalité une nasse dans laquelle viendront se prendre d'innocentes victimes aquatiques. Fermé par un clapet en forme de valve, l'utricule plein d'eau présente à l'extérieur des faces gonflées, convexes ; vide, il ressemble à un sac en papier dégonflé muni d'un réseau de minuscules soies sensibles. Qu'un animal aquatique vienne à les effleurer et il déclenche aussitôt, comme s'il avait appuyé sur une gâchette, l'ouverture du clapet. Les parois de l'outre se déforment alors à la manière d'un cornet qui se gonfle ; l'augmentation de volume s'accompagne d'un brutal appel d'eau vers l'intérieur de la nasse où l'animal se trouve entraîné comme par un tourbillon. L'ouverture du clapet s'opère en un trentième de seconde.

Voici l'animal captif de la nasse qui s'est refermée sur lui et où des sucs digestifs, sécrétés par les faces internes de l'utricule, le digéreront. Pour cela, en moins de trente minutes, des cellules spécialisées vident l'eau contenue dans l'outre, puis le système entreprend de digérer sa proie. L'efficacité du piège est encore accrue par un cercle de poils situés à l'intérieur et orientés vers le fond de l'outre, empêchant l'éventuelle fuite de l'animal captif selon le principe même de la nasse.

L'utricule est donc une redoutable prison, où s'agitent désespérément les condamnés à mort de cette plante aquatique. On connaît 275 espèces d'utriculaires ; certaines sont minuscules et ne vivent que dans des habitats très particuliers, par exemple le cœur toujours gorgé d'eau des rosettes de feuilles de diverses broméliacées, la famille de l'ananas. Chacun connaît, pour les avoir aperçues chez les fleuristes, ces plantes aux longues feuilles rigides, d'un vert parfois grisâtre mais souvent rouges à leur base, disposées en cercles concentriques et s'emboîtant les unes dans les autres autour d'un godet central souvent rempli d'eau et où l'on aurait presque envie de mettre le doigt ! Tout se passe comme si l'utriculaire voulait enseigner l'art de la « carnivorie » à des plantes dont la structure et les mœurs laissent penser qu'elles ne sont plus très loin de l'atteindre. D'ailleurs une broméliacée des forêts du Venezuela[1] — l'une des toutes dernières plantes carnivores à avoir été identifiée — a déjà franchi le pas : les insectes nageant dans le godet sont coincés par des ferments digestifs qui, bientôt, les dévorent. Ainsi se profilent à l'horizon de l'évolution botanique de nouvelles espèces carnivores dans cette famille de plantes exclusivement américaines qui n'avaient fourni jusqu'ici que des ananas... et des pots de fleurs !

Le fonctionnement perfectionné des utriculaires a toujours intrigué les botanistes. N'est-il pas curieux de voir rassemblées dans ce petit appareil immémorial, la nasse, quelques-unes des plus fécondes inventions humaines : le jeu des valves et des soupapes, la pression des liquides et de l'air, la mise en œuvre du principe d'Archimède, etc. ? Et Maeterlinck d'ajouter à ce

1. *Bocchinia reducta.*

propos, dans *L'Intelligence des fleurs*[1], cette réflexion pertinente et moderne : « A examiner les choses de plus près, il paraît probable qu'il nous est impossible de créer quoi que ce soit. Derniers venus sur cette Terre, nous retrouvons simplement ce qui a toujours existé, nous refaisons comme des enfants émerveillés la route que la vie avait faite avant nous. Il est du reste fort naturel qu'il en soit ainsi. » De fait.

Les grandes carnivores tropicales

Sous les Tropiques, les plantes carnivores présentent un format nettement supérieur à celui de leurs consœurs des régions tempérées. Les plus célèbres sont les fameux népenthès dont la nervure centrale des feuilles se prolonge par une sorte de faux pétiole porteur d'une urne allongée suspendue à l'extrémité de la feuille — celle-ci, avec son couvercle, ressemble un peu à ces pipes allemandes en émail dont le foyer profond remonte très haut sur l'axe porteur recourbé. Ces urnes peuvent atteindre jusqu'à trente centimètres de long et comptent parmi les plus gros organes carnivores de la nature. Elles sont exclusivement localisées dans un recoin de l'immense monde des plantes à fleurs : la petite famille des népenthacées, avec ses 72 espèces de népenthès répandues de Madagascar à l'Extrême-Orient.

Le fond de l'urne contient un liquide à odeur putride, qui attire les insectes appartenant surtout aux espèces nécrophiles, notamment les mouches. Enivré par l'odeur alléchante — mais, pour nous, repoussante — de cadavre, l'insecte se

1. *Op. cit.*

pose sur le bord de l'urne et se penche vers l'ouverture béante. Mais la planche est savonneuse, car l'urne a eu soin de garnir ses parois d'une sécrétion cireuse ! Aussi les insectes glissent-ils, sans réussir à trouver la moindre prise, comme sur un toboggan, et déboulent vers le centre. Brutalement projetés au fond de l'urne, ils seront digérés par des sucs analogues à ceux des droseras ou des grassettes.

Les népenthès sont aujourd'hui abondamment cultivés en serres, comme d'ailleurs les sarracenias, espèces américaines appartenant à une famille voisine[1] : le piège est constitué ici par la feuille repliée sur elle-même en une sorte de tube élargi, évoquant un cornet à glace ou une trompette. Une glande nectarifère, à la surface interne supérieure de la feuille, sert d'appât ; elle attire l'animal qui perd rapidement pied et glisse le long des parois où des aspérités dirigées vers le bas créent un effet de nasse et l'entraînent dans une chute inéluctable. Pour faire bonne mesure, une troisième zone, formée d'une couronne de poils également orientés vers l'intérieur, retient les proies, rapidement attaquées par les sécrétions de sucs digestifs. Le piège est donc parfait ; le malheureux visiteur n'a aucune chance de lui échapper.

Une espèce particulière[2] améliore même le piège en inventant des fenêtres transparentes qui éclairent d'une lumière tamisée l'intérieur du cornet foliaire, ce qui peut-être contribue à rassurer l'insecte qui s'approche de l'entrée du cornet et s'y précipite avec une ardeur accrue dès lors qu'il y

1. Sarracéniacées.
2. *Sarracenia psittacina*.

fait clair. Une autre espèce[1] forme des urnes de taille record (un mètre de longueur) qui, jeunes, sont plus ou moins entortillées à l'image d'un serpent, d'où le nom de « plante cobra » donné à cette carnivore. Enfin, une carnivore australienne[2] pousse le machiavélisme à son paroxysme : son urne garnie de crochets, naturellement orientés vers l'intérieur, est protégée par un opercule semi-transparent. L'insecte fait prisonnier croit atteindre la sortie en volant vers cette fenêtre, mais il la trouve fermée, y bute avec force et se voit rejeté vers le fond de l'urne comme par une raquette. Le pauvre animal s'épuise à ce jeu et finit par rester tout étourdi au fond de l'urne. Celle-ci se termine d'ailleurs en une petite nasse riche de glandes fort attirantes... mais sécrétant des sucs digestifs mortels !

Ces carnivores tropicales mettent en œuvre des pièges passifs : sont exécutés ceux qui y tombent, à la différence des droseras, des dionées et des utriculaires qui jouent un rôle actif dans la capture et la digestion de leurs victimes.

Au vu de ces dispositifs remarquablement adaptés à la capture et à l'emprisonnement des insectes, on a été amené à se poser la question du comment et du pourquoi. En effet, si l'on comprend aisément comment fonctionne le piège du népenthès ou du sarracenia, on comprend déjà plus mal le fonctionnement de la feuille de drosera, avec ses tentacules mus par Dieu sait quel mécanisme, qui cependant finissent par emprisonner inexorablement leur proie. Comment le drosera mobilise-t-il au sens premier du terme,

1. *Darlingtonia californica.*
2. *Cephalotus follicularis.*

c'est-à-dire rend-il mobile, l'armée redoutable de ses tentacules dès qu'un insecte se risque sur l'un d'eux ? De récentes expérimentations permettent de répondre à cette question, touchant à nouveau au fameux problème de la sensibilité des plantes.

Comment fonctionne le piège ?

Dès le siècle dernier, Charles Darwin avait été intrigué par le fonctionnement de ces mystérieux tentacules, sensibles au point que le simple effleurement d'un cheveu suffit à les « émouvoir ». Il consacra un livre à ces plantes carnivores qui l'intriguaient si fort.

Une pression infime entraîne donc chez le drosera le mouvement d'un tentacule qui, ensuite, se communique promptement aux autres. On a pu remarquer que ce contact devait nécessairement être produit par un objet solide : une goutte d'eau ou un fort souffle d'air ne produisent aucun effet. Bien plus, plusieurs chocs répétés en succession rapide sont nécessaires pour déclencher la mise en branle d'un tentacule. Un seul choc ne suffit pas ; en fait, c'est au mouvement d'un être vivant qui tente de se libérer que le tentacule est censé répondre.

Les tentacules orientent tous leurs mouvements dans la même direction, à savoir le centre du limbe foliaire. Si un tentacule du centre est excité en premier, l'excitation se communiquera lentement de l'un à l'autre, jusqu'aux tentacules du bord qui se recourberont les derniers vers le centre. Le mouvement commence environ dix secondes après le premier contact et se prolonge durant plusieurs heures. L'insecte est alors entièrement piégé après avoir été préalablement englué. Les tentacules peuvent demeurer durant une semaine dans leur position courbée, emprisonnant le malheureux captif comme dans une cage, l'excitation se poursuivant par le seul contact chimique avec les protéines de l'animal.

Toutes les expérimentations ont montré que la perception s'exerce au niveau de la paroi externe des cellules superficielles des glandes. Celles-ci présentent en effet des ponctuations marginales qu'on a pu qualifier de « tactiles ». C'est à partir de ces ponctuations que l'excitation se transmet, par des phénomènes sans doute électriques, à travers le tentacule, puis le limbe foliaire, jusqu'au tentacule voisin, et ainsi de proche en proche à l'ensemble des tentacules d'une feuille. Ce mode d'agression tentaculaire évoque ces scènes de guerre médiévale où l'ennemi à terre — l'insecte — est encadré des piques et des lances pointées sur lui et promptes à le réduire à néant.

Le drosera possède dans sa famille une cousine, la dionée, possédant elle aussi un piège dont les études ont permis d'appréhender de plus près le fonctionnement. Cette plante carnivore, spontanée dans les marais de la Caroline du Nord, aux Etats-Unis, a été baptisée « trappe de Vénus ». Chaque feuille possède au-dessus d'un pétiole élargi un limbe formé de deux lobes semicirculaires. Ces lobes symétriques sont hérissés sur leurs bords de nombreuses épines, tandis que le corps de la feuille est recouvert de glandes sécrétant un liquide visqueux doué de propriétés digestives. Enfin, à la face supérieure de chaque lobe, trois appendices rigides terminés en pointe constituent des soies tactiles, manifestant une extrême sensibilité au moindre contact ; leur excitation commande la fermeture rapide des deux lobes du limbe le long de la nervure centrale. Ceux-ci se rapprochent instantanément l'un de l'autre, puis les épines s'engrènent les unes dans les autres, exactement comme dans un piège à loup. L'animal est alors emprisonné entre les lobes de la feuille, et les glandes ne tardent point à le digérer. Cette digestion prend une à deux semaines, puis la feuille s'ouvre à nouveau, mais perd la possibilité de répondre immédiatement à une nouvelle excitation. Après cette phase réfractaire, le processus peut recommencer. Ici encore, le déclenchement de la perception est conditionné par des stimulations répétées, exercées sur les cellules sensibles des soies tactiles. L'excitation se propage ensuite électriquement.

Des fourmis qui jouent le rôle de nourrices...

Récemment, des phénomènes alimentaires singuliers ont été révélés chez deux plantes[1] du Sud-Ouest asiatique. Il s'agit d'épiphytes des forêts tropicales, c'est-à-dire d'espèces herbacées poussant sur les fourches et les branches des arbres, et dépourvues de racines enterrées. Il est évident que de telles espèces ont *a priori* quelques difficultés à s'alimenter normalement, puisqu'elles ne disposent pas des mêmes ressources alimentaires que leurs congénères solidement enracinées au sol. Pourtant, la plupart d'entre elles savent s'adapter à ces conditions et ont su mettre au point toutes sortes de dispositifs de prélèvement de l'eau et de la nourriture. Il semble toute-

1. *Hydnophytum formicarum* et *Myrmecotia tuberosa* (rubiacées).

fois que ces espèces aient besoin d'une ration alimentaire supplémentaire, qui leur est apportée par les fourmis vivant en permanence dans les cavités qu'elles creusent dans leurs tiges. Elles y accumulent des déchets animaux et, notamment, des larves d'insectes. En rendant ces larves radioactives, on a pu montrer que les acides aminés qu'elles contiennent se propagent rapidement dans toute la plante. Bref, les fourmis nourrissent la plante en lui abandonnant une portion de leurs propres proies : la floraison et la production de graines s'en trouvent fortement accrues.

On connaît aujourd'hui plusieurs espèces de plantes qualifiées de « myrmécophiles », c'est-à-dire « amies des fourmis ». Dans cet exemple, phénomène nouveau et tout à fait insolite, on voit non plus un animal se nourrissant d'une plante, cas général dans la nature, pas plus d'ailleurs qu'un végétal se repaissant d'un animal, comme chez les plantes carnivores, mais bel et bien un animal qui nourrit une plante ; et non pas de sa propre chair, mais en lui apportant sa pitance comme le ferait une nourrice, avec cette efficacité industrieuse dont les fourmis sont, on le sait, coutumières. Les carnivores capturent les insectes et les dévorent ; ces étranges myrmécophiles ont l'élégance de se faire nourrir en passant un contrat d'assistance mutuelle avec les fourmis : elles les abritent en leur sein, en échange de quoi ces dernières chassent pour elles et leur offrent leur part de butin !

... et d'autres fourmis moins prévenantes

Ces espèces illustrent un type de symbiose particulièrement réussi entre des plantes et des four-

194

mis. Plusieurs autres espèces végétales ont développé avec les fourmis de tels rapports, sans toutefois aller aussi loin.

Comme dans les cas précédents, les fourmis installent souvent leurs abris dans des cavités qu'elles percent au sein de renflements charnus que leur offrent les plantes porteuses. Celles-ci déploient toutes sortes d'artifices pour les attirer : glandes à nectar disposées sur les pétioles, corpuscules succulents renfermant des essences, toutes substances susceptibles d'attirer les hôtes par l'odeur ou la saveur.

Vu le perfectionnement des dispositifs attractifs mis en œuvre par les plantes, on en a naturellement déduit que ces fourmis devaient rendre en échange à ces végétaux quelque service utile à leur perpétuation. Ainsi, par exemple, les fourmis du genre asteca, vivant sur des plantes de la famille des orties[1], les protègent de l'envahissement des fourmis attas, dévastatrices redoutables capables de dépouiller un arbre en peu de temps, d'où leur nom de « coupeuses de feuilles ». La moindre attaque par les attas provoque une riposte immédiate des astecas, qui donc sauvegardent le végétal porteur. En fait, ce sont moins les arbres que défendent les astecas, que leur propre nid ; l'arbre ne bénéficie, en quelque sorte, que des retombées de la bataille.

Il semble en définitive que toute cette affaire ne soit qu'une « affaire entre fourmis » et que l'arbre puisse vivre sans elles « comme un chien sans puces[2] ». L'inverse n'est pas vrai : les fourmis astecas, elles, ne peuvent vivre ailleurs

1. *Cecropia.*
2. P. Jolivet, *Les Fourmis et les Plantes*, Boubée, 1986.

que sur lui ; lorsqu'il meurt, elles meurent aussi. D'ailleurs, c'est en sécrétant leur salive qu'elles déclenchent la prolifération des tissus en forme de galles dont elles se nourrissent. Curieuse manière de contraindre l'arbre à produire la nourriture dont elles ont besoin tout en le respectant ! Car si elles consomment également les jeunes pousses en voie de croissance et les jeunes bourgeons, elles ne le font qu'accessoirement, se nourrissant en priorité des tissus qu'elles obligent l'arbre à fabriquer par l'action de leur salive.

Enfin, dans plusieurs cas, les renflements habités par les fourmis sont moins des adaptations spécifiques que de simples galles dans lesquelles les fourmis pénètrent par le trou d'où est sorti l'insecte qui les a produites. Là, elles deviennent des occupants secondaires, en quelque sorte des squatters occupant une habitation désertée par son habitant principal.

Des champignons qui chassent au lasso

Pour terminer ce vaste tour d'horizon sur les plantes ennemies des insectes et sur les amies des fourmis, il nous faut revenir là où nous aurions peut-être dû commencer, c'est-à-dire aux carnivores très primitives qui font partie du vaste monde des 70 000 espèces de champignons. Sur ce total impressionnant, 140 sont carnivores et ont une prédilection pour les petits vers du sol[1]. Ces champignons carnivores sont microscopiques ; ils déploient les pièges les plus ingénieux pour capturer les vers destructeurs des racines, qu'ils piègent à la glu ou avec des sortes de lacets

1. Nématodes.

formés de leurs filaments, à la manière des braconniers. Et l'on voit le malheureux ver, pris dans un véritable nœud coulant, se débattre, rendre les armes, et enfin rendre l'âme, littéralement dévoré et digéré par le champignon glouton.

Si les carnivores de tout poil suscitent aujourd'hui un vif intérêt auprès du public, c'est que les stratagèmes qu'ils nous révèlent ne sauraient nous laisser indifférents. N'y retrouvons-nous pas des mœurs et des comportements qui sont aussi parfois les nôtres ? des moyens que, dans ce cas comme dans tant d'autres, la nature a inventés bien avant nous ? Ici le lasso, le nœud coulant, la pendaison ou la strangulation sont les moyens d'action usuels mis en œuvre par ces redoutables champignons.

Certains autres mettent à mort ces minuscules êtres nageurs que sont les rotifères ; l'un d'eux est un champignon aquatique particulièrement carnassier[1]. L'infortuné rotifère essaie bien de se défendre en mordant les extrémités du filament, mais celui-ci, à peine attaqué, se détend instantanément et étouffe le minuscule invertébré qui périt étranglé. Le champignon envahit alors son corps, envoyant des filaments qui, littéralement, le sucent du dedans.

D'autres champignons encore, vivant sur les bois en décomposition, comme les pleurotes, compensent les faibles quantités de matière azotée disponibles dans le bois en faisant la chasse aux vers. Les modes de capture sont variés : l'un inactive sa proie avant de l'assimiler, l'autre l'accroche à des cellules adhésives comme du papier tue-mouches... Mais le système le plus

1. *Zoophagus sp.*

spectaculaire est l'anneau à trois cellules, qui constitue un véritable nœud coulant. Chaque cellule est sensible au toucher sur sa face interne, et malheur au ver qui pénètre dans l'anneau ! Les cellules se gonflent immédiatement, prenant jusqu'à trois fois leur volume originel ; et le nœud étrangle le ver, tandis que son corps est pénétré par des filaments. La réponse du champignon à la présence du ver est fort rapide : chaque cellule réagit en un dixième de seconde, c'est-à-dire, on l'a vu, à la vitesse de fermeture des deux lobes de la feuille de dionée. Et l'on vient encore de découvrir un mégapiège : un lacet huit fois plus gros que ceux évoqués ici...

Curieusement, on a pu observer que les champignons fabriquent des pièges en présence de leur proie, et non (ou peu) en leur absence. C'est donc la présence du ver qui induit l'élaboration du piège qui le perdra. Lavés avec de l'eau où ont vécu ces vers, les champignons forment aussitôt leurs pièges. Mais l'eau ordinaire ne déclenche aucun effet. Ce qui prouve que les vers sécrètent une ou des substances capables d'induire l'élaboration des pièges qui les tueront : curieux effet boomerang, étrange forme de suicide !

La décimation des vers nématodes du sol est sans doute utile pour la régulation des grands équilibres de la nature : car ce sont de redoutables ravageurs de cultures. On peut en compter jusqu'à 20 millions par mètre carré ! Les tailles sèches que produisent les champignons carnivores dans ces généreuses populations ne peuvent donc que contribuer à protéger les plantes victimes de ces vers prolifiques. Bel exemple d'une alliance objective entre une plante et un champignon associés dans leur lutte contre l'ennemi

commun, belle forme de symbiose écologique !
Ils prouvent une fois encore que la nature ne
fonctionne pas seulement à coups d'agression,
mais pratique aussi la coopération, l'entraide,
l'échange de services.

Quatrième partie

COMMUNIQUER AVEC LES PLANTES ?

CHAPITRE 16

Ces plantes qui souffrent

« L'incursion au pays des merveilles commença en 1966. Cleve Backster, le meilleur spécialiste américain de la détection des mensonges, avait travaillé toute la nuit avec les policiers et les agents de sécurité venus du monde entier pour apprendre sa technique. Sur un coup de tête, il décida de relier une des électrodes du polygraphe, l'appareil à détecter les mensonges, à une des feuilles de son dracena. La procédure habituelle de la police consiste à poser des questions soigneusement formulées aux suspects et à noter celles qui impriment un violent sursaut à l'aiguille. Des policiers chevronnés, tel Backster, prétendent pouvoir détecter les mensonges d'après le tracé obtenu. La façon la plus efficace pour déclencher chez un être humain une réaction suffisamment forte pour faire osciller l'aiguille de manière caractéristique consiste à le menacer dans son bien-être. Backster décida de faire de même avec sa plante. Il plongea une feuille de son dracena dans sa tasse de café bouillant ; sur le graphique, la réaction fut pour ainsi dire insignifiante.

« Après plusieurs minutes de réflexion, il imagina une menace plus dangereuse : il brûlerait la feuille reliée aux électrodes. A l'instant même où la vision de la flamme se dessinait dans son esprit et avant même d'avoir tendu la main vers les allumettes, un changement spectaculaire s'opéra dans le tracé, la plume dessinant une courbe prolongée vers le haut. Backster n'avait pas esquissé le moindre mouvement ni en direction de la plante ni vers son appareil. La plante aurait-elle deviné ses pensées ? »

C'est en ces termes que Peter Tompkins et Christopher Bird[1] relatent les singulières expériences de Cleve Backster effectuées en 1966. Leurs résultats firent grand bruit et mirent le monde médiatique et scientifique en émoi. En les dévoilant, Backster entendait prouver que les plantes réagissent avec une grande sensibilité non seulement aux agressions, mais également aux intentions agressives qu'on porte à leur endroit ; ce qui semblait impliquer des capacités sensorielles encore totalement inconnues.

Malgré le scepticisme du monde scientifique, ce chercheur autodidacte poursuivit ses travaux, affirmant par exemple que les plantes ont une mémoire vive et sont capables de distinguer une personne qui s'occupe d'elles d'une personne hostile. C'est en observant l'agitation subite de l'aiguille enregistreuse du galvanomètre de son détecteur de mensonges, lors d'un stimulus, que Backster étaya ses propos : qu'une personne hostile entre dans la pièce et l'« émotion végétale »

1. Peter Tompkins et Christopher Bird, *La Vie secrète des plantes*, Robert Laffont, collection « Les énigmes de l'univers », 1975.

produite se traduit aussitôt sur l'appareil par de fortes oscillations qui ne se produisent pas si la personne se montre amicale.

Plus tard, Cleve Backster déclara que les plantes devinent nos pensées et celles des animaux ; il affirma encore que les végétaux sont capables de perceptions extrasensorielles, leur affectant, en quelque sorte, un sixième sens, alors qu'ils ne possèdent pas les cinq autres ! Il soutint cependant que si les plantes, plus simples que les animaux, sont composées de plusieurs cellules, elles sont en revanche dépourvues de centres nerveux ou d'organes sensoriels. Toujours selon lui, c'est en fait chaque cellule qui possède l'ensemble de ces fonctions, de sorte qu'il existerait une « perception primaire », non sensorielle, chez les plantes, sans doute extensible à tous les êtres vivants. Comment s'étonner, dès lors, qu'une carotte se mette à trembler devant un lapin affamé qui a la ferme intention de la grignoter ? Puis Backster étendit ses expérimentations au règne animal ; il ébouillanta des crevettes : les philodendrons reliés à la cuve d'expérience réagirent violemment sur le galvanomètre à la mort de ces malheureux crustacés, alors qu'ils n'enregistrèrent aucune réaction lorsqu'on ébouillanta des crevettes déjà mortes. Ainsi se trouvait démontrée l'existence d'une « perception primaire » chez les végétaux, reliés par là à tous les autres êtres vivants[1].

Avec ce type d'expériences, nous entrons dans le domaine éminemment controversé des relations entre les hommes et les plantes. Si celles-ci sont

1. Cleve Backster, *Int. Journ. of Parapsychology*, 1968, *10*, 4, 329-348.

parfaitement établies en ce qui concerne les multiples services que les plantes rendent aux humains (nourriture, médicaments, parfums, fibres textiles, etc.), elles le sont beaucoup moins s'agissant des relations qui mettent en œuvre le psychisme et la sensibilité.

Au moment où nous entreprenons d'explorer ce domaine scabreux qui a fait l'objet de multiples supputations, il importe d'insister sur la nécessité d'utiliser fréquemment le conditionnel ; et de souvent démentir des propos que la presse a pu parfois tenir pour scientifiquement prouvés.

Pour ce qui est de Backster, héros emblématique de la botanique parallèle, aucun chercheur n'a jamais pu reproduire ses « expériences ». Dans la très sérieuse revue américaine *Science*, K.A. Horowitz et ses collaborateurs[1] signalent qu'ils n'ont obtenu aucun résultat en ébouillantant des crevettes. En fait, ces expériences relèvent plutôt de ce que Lyall Watson[2], pourtant toujours à l'affût de ce qui touche à la sensibilité des plantes, appelle le « folklore du paranormal ». Un folklore qui a inspiré des milliers d'articles de presse de par le monde et qu'il convient aujourd'hui de remiser dans les annales de la botanique-fiction.

Malgré les démentis de la communauté scientifique internationale, les affirmations de Backster continuent à susciter un certain intérêt chez certains amoureux des plantes, dans la mesure où elles soulèvent des questions de fond à propos de leur sensibilité et de la communication au sein du

1. K.A. Horowitz et coll , *Science*, 1975, 189, 478-480.
2. Lyall Watson, *Supernature : une nouvelle histoire naturelle du surnaturel*, Albin Michel, 1988, et J'ai Lu, 1990.

monde végétal. Vers le début des années 70, Backster trouva un digne émule en la personne du chimiste Marcel Vogel[1], qui entreprit des expériences visant à démontrer l'importance des effets d'induction psychique de l'homme sur la plante. Comme Backster, Vogel suggéra l'existence de mystérieuses interactions entre l'homme et le végétal : en branchant les plantes à un électro-encéphalogramme, il constata qu'elles se reposaient ou somnolaient chaque fois que l'homme se reposait ou bien méditait en pratiquant le yoga ou le zen. Plantes et hommes seraient donc en véritable osmose, relation symbiotique bienfaisante pour l'homme, mais pas toujours pour la plante dans le cas où l'individu est négativement stressé, donc stressant pour sa compagne végétale.

Par la méditation et la concentration, Marcel Vogel réussit, disait-il, à « rentrer » dans la plante et à y détailler l'organisation des molécules d'ADN. Il s'agit bien entendu d'un voyage tout symbolique que les personnes ayant participé à des techniques de relaxation, de visualisation et de représentation mentale connaissent bien. Car la « descente » dans la plante est évidemment un exercice de l'esprit visant, par identification au végétal, un effet déstressant et relaxant. M. Vogel ne s'en cache pas. Il remet les choses au point lorsqu'il écrit : « Je réussissais à percevoir au microscope des choses qui échappaient aux autres observateurs, et ceci non pas par la vue, mais grâce à l'œil de mon esprit. » Voilà au moins qui est dénué d'ambiguïté.

En Russie, où la parapsychologie et les sciences

---

1. Marcel Vogel, *in* P. Tompkins et C. Bird, *op. cit.*

occultes comptent de nombreux adeptes, la littérature baigne dans le paranormal. Citons, pour mémoire, l'orge qui crie lorsqu'on plonge ses racines dans l'eau bouillante ; ou encore ces carottes qui réagissent selon les tortures qu'on leur fait subir, etc.

Les publications spécialisées regorgent d'expériences plus extraordinaires les unes que les autres, mais dont on chercherait en vain le moindre fondement scientifique ; car elles relèvent plus du domaine de la croyance que de celui de la science. Certes, il ne s'agit pas ici d'élever à la science un autel sur lequel on tordrait le cou aux croyances ! Plus simplement, tout scientifique est en droit d'exiger d'un travail de recherche qu'il soit mené avec rigueur et selon les normes de méthode communément pratiquées par les chercheurs de la communauté internationale. Force est de constater qu'en ces domaines « limites », il n'en est jamais ainsi. D'ailleurs, les instruments utilisés par les auteurs cités pour démontrer une réaction « affective » chez une plante ne sont pas adaptés aux végétaux. Il s'agit toujours d'un matériel médical destiné à l'exploration de la physiologie humaine. Or, tout laisse penser que si sensibilité il y a chez les plantes, celle-ci serait plus aisément mise en évidence par un matériel *ad hoc* tenant compte des seuils de sensibilité propres aux végétaux, sans doute différents de ce que l'on constate chez les animaux et chez l'homme. En fait, cette sensibilité se manifeste par des courants électriques d'intensité variable dont on a pu mettre en évidence l'existence par de nombreuses expériences faites sur les plantes.

C'est de l'Inde que nous vinrent les premières

informations sur la sensibilité des plantes, à une époque où l'Occident considérait encore celles-ci comme des « choses » inertes, dépourvues de système nerveux, donc de toute sensibilité. Sir Jagadis Chandra Bose[1], soumettant des plantes de diverses espèces (navet, carotte, marronnier) à des chocs électriques, y observa des réactions analogues à celles de nos muscles. A l'aube de ce siècle, il fut ainsi le premier à entrevoir le rôle de l'électricité dans la vie des plantes, rôle que l'Occident ne redécouvrit — mais avec quelles réserves ! — que près d'un siècle plus tard.

L'histoire de la pendule et de la pomme de terre va en effet tout à fait dans ce sens : il est d'expérience courante que deux électrodes placées aux extrémités d'une pomme de terre génèrent une différence de potentiel suffisante pour faire fonctionner une montre à quartz à affichage digital. Depuis fort longtemps, cette sorte de microdifférence de potentiel a pu également être mise en évidence, en Chine notamment, entre deux parties du corps humain. S'agirait-il là d'une loi commune à tous les êtres vivants ? Faut-il y voir le témoignage d'une éventuelle sensibilité commune ? Pour l'heure, nous n'en savons pas plus.

1. Bibliographie complète *in* P. Tompkins et C. Bird, *La Vie secrète des plantes, op. cit.*

CHAPITRE 17

Qu'en est-il de la « main verte » ?

La tradition populaire veut que nous ne soyons pas égaux en face des plantes que nous cultivons en appartement. Certains auraient une aptitude toute particulière pour « réussir » leurs plantes ; d'autres, au contraire, n'enregistreraient en ce domaine que des déboires... C'est à partir de ce constat qu'est née la notion de « main verte ».

L'acclimatation d'une plante loin de son milieu naturel exige un examen attentif de ses conditions de vie dans la nature. Ainsi détermine-t-on ses besoins en eau, les caractères du sol à choisir et la luminosité optimale afin de réussir sa culture. Les plantes acclimatées en appartement viennent en général des régions chaudes, souvent des forêts tropicales. Vivant naturellement à l'ombre des grands arbres, elles s'accommodent bien de la lumière réduite des habitations : le philodendron est le prototype de ce genre de plantes.

Mais, en « apprivoisant » les plantes, nous avons du même coup supprimé leur indépendance, leur « liberté ». Dans un appartement, une plante est condamnée à mort à brève échéance si elle est abandonnée à elle-même, sans soin ni arrosage. Tel est bien aussi le sort des animaux domestiques qui ont perdu toute autonomie : que deviendrait un caniche ou une perruche livrés à leur sort ? Heureusement pour nos amies les plantes, nombre d'entre elles possèdent une grande souplesse écologique, c'est-à-dire des capacités adaptatives qui leur permettent de vivre dans des conditions parfois fort différentes de celles que connaissent leurs « sœurs » à l'état naturel ; surtout lorsque les engrais, pesticides et autres produits chimiques viennent renforcer la qualité des soins prodigués.

Il advient pourtant que, malgré ces moyens, certaines personnes ne parviennent pas à conserver des plantes vivantes chez elles ; on dit alors qu'elles n'ont pas la « main verte », expression utilisée dans plusieurs langues, de l'Ukraine à l'Angleterre et du Tibet au Pérou. Qu'en est-il au juste ?

Si l'on interroge les personnes aux « mains vertes », elles affirment que l'humeur du jardinier ou de l'horticulteur se répercute sur l'aspect des plantes : l'état de santé et l'esthétique des végétaux refléteraient l'état d'âme de la personne qui s'en occupe. Si cette intuition devait se confirmer, il suffirait de voir comment les hommes traitent la planète pour nous représenter leur état d'âme !

La notion de « main verte » ne serait plus un secret si, comme l'a dit Hermès Trismégiste, « les plantes ont une âme ». Or, même si l'on peut constater que la présence de fleurs ou de plantes déclenche chez les humains des effets positifs, des émotions plus ou moins fortes, des mouvements de tendresse, il est en revanche difficile de démontrer une telle affirmation. Si les connaissances sur le besoin de plantes se sont accrues, si les débats sur les communications extrasensorielles ou multisensorielles débouchent sur de multiples hypothèses — encore dénuées de fondement scientifique, il est vrai —, il ne reste, *in fine*, qu'une seule hypothèse pour expliquer cette inégale sensibilité aux plantes. Celle-ci peut se définir par comparaison avec l'instinct maternel.

Lorsqu'une maman vient de mettre au monde son enfant, elle le découvre et ne sait encore rien de lui. Du moins ne sait-elle pas comment elle pourra d'emblée communiquer avec lui. Or, comme l'a bien montré le docteur Friedmann, l'enfant est une personne, il désire communiquer avec le monde qui se trouve autour de lui. Bien qu'ayant vécu neuf mois dans le sein de sa mère, il n'a pu encore s'initier au langage parlé. Ces deux êtres sont pourtant animés d'un même objectif : réussir à se faire entendre et à se faire comprendre. Au début, la maman va maladroitement répondre aux signaux qu'émet son enfant. C'est par les cris répétitifs de celui-ci qu'elle parviendra à différencier, après plusieurs tentatives, les demandes et les besoins du nouveau-né. Ainsi des cris aigus indiqueront le temps du repas, alors que les graves indiqueront celui de la sieste... Tous ces cris varient d'un enfant à l'autre et lorsque celui-ci aura saisi qu'à tel cri sa maman répond correctement, tous deux auront institué un mode de communication unique qui ne demandera plus qu'à évoluer vers un langage plus élaboré.

Cette communication n'aurait pu s'établir si l'adulte n'avait pas voulu la mettre en œuvre. La communication s'est faite parce que la maman ne s'est pas contentée de mettre en application des savoirs théoriques sur le nursing ou la pédiatrie. Elle a préféré attendre et décoder des signaux qui étaient de toute évidence une forme de langage pour l'enfant. L'instinct maternel est à la fois un savoir-faire et un vouloir bien faire, inspirés par le désir d'aimer ce que l'on fait et celui pour qui on le fait. La règle universelle, qui est le code moral de l'humanité, « faire le bien et le faire bien », trouve ici une application privilégiée.

Lorsqu'une personne décide de décorer son habitation avec des plantes, nous nous retrouvons de nouveau avec deux êtres appartenant, il est vrai, à deux espèces vivantes différentes et entre lesquels une certaine communication va s'établir. La plante va émettre des signaux que l'homme peut recevoir et interpréter. Parmi ceux-ci, notons différentes manifestations physiques telles que des feuilles sèches ou molles, vertes ou décolorées, des tiges nues ou desséchées, un terreau malodorant ou poussiéreux, etc. Ces symptômes sont à scruter minutieusement, et ce, pour chaque plante. Ainsi, par observation et tâtonnement, le véritable amoureux des plantes « sentira » et comprendra de mieux en mieux leurs besoins.

Les détenteurs de plantes ne doivent donc plus se contenter de connaître en théorie seulement les besoins, tant en eau qu'en lumière, des espèces qu'ils possèdent. Ils ne doivent plus utiliser quasi mécaniquement engrais ou gadgets ; il convient d'abord qu'ils connaissent leurs plantes et leurs petits caprices par une fréquentation quotidienne et « personnalisée » — si tant est que l'on puisse employer ce mot pour une plante. Bref, la connaissance et l'observation, accompagnées de tendresse et d'amour. Car si nul n'a pu à ce jour prouver l'existence d'une « âme » chez les plantes — l'avenir nous en apprendra peut-être davantage sur le sujet —, nos sens nous permettent toujours, en revanche, d'éveiller en nous, à leur contact, des émotions et une sensibilité alimentées par l'amour que nous leur portons. Et ce qui est vrai pour les végétaux l'est tout autant pour les animaux domestiques dans la grande fraternité reliant tous les membres de la communauté des vivants.

La « main verte » n'est autre qu'une combinaison entre des connaissances théoriques acquises et des connaissances empiriques résultant de l'expérience, le tout combiné avec un sens aigu de l'observation, de la tendresse et beaucoup d'amour.

CHAPITRE 18

La musique et les plantes

« L'esprit du Seigneur s'était retiré de Saül et un esprit mauvais, venu du Seigneur, le tourmentait [...]. Saül dit à ses serviteurs : "Trouvez-moi donc un bon musicien et amenez-le-moi." Un des domestiques répondit : "J'ai vu justement un fils de Jessé le Bethléémite. Il sait jouer, c'est un brave, un bon combattant, il parle avec intelligence, il est bel homme. Et le Seigneur est avec lui." Saül envoya des messagers à Jessé. Il lui dit : "Envoie-moi ton fils David, celui qui s'occupe du troupeau." [...] David arriva auprès de Saül et se mit à son service. Saül se prit d'une vive affection pour lui, et David devint son écuyer. Saül envoya dire à Jessé : "Que David reste donc à mon service, car il me plaît." Ainsi, lorsque l'esprit de Dieu assaillait Saül, David prenait la cithare et il en jouait. Alors Saül se calmait, se sentait mieux et l'esprit mauvais se retirait de lui. »

Ce texte de la Bible[1] montre que l'effet sédatif de la musique était connu bien avant que les

1. I Samuel, XVI, 14-23.

applications modernes de la musicothérapie ne se fassent jour. Mais si la musique est un moyen de relaxation et de guérison, qu'en est-il de son effet sur les plantes ? Sont-elles, comme on le dit partout — à l'exception toutefois des périodiques scientifiques —, sensibles à la musique ? Et celle-ci a-t-elle une influence sur leur croissance, leur santé ?

En Inde, une tradition rapporte que le dieu Krishna faisait jouer de la musique afin que la végétation de ses jardins devînt de plus en plus luxuriante. Dans les années 60, le Dr Singh[1], botaniste de l'université d'Annamalaï, féru d'histoire ancienne de l'Inde, fit écouter de la musique à ses plantes et constata une croissance plus rapide et une plus grande robustesse que chez des plantes témoins. De surcroît, il semblerait même que des plantes à fleurs soient en avance lors de leur floraison par le simple fait d'une exposition prolongée à la musique. Le Dr Singh affirme également et démontre par quelques essais que les récoltes sont plus riches si l'on utilise un fond musical. Il pratique même des expériences à grande échelle, émettant de la musique par haut-parleurs sur des champs cultivés, et compare les résultats à ceux de champs témoins dont la croissance se révèle plus lente. On discerne d'emblée un effet pervers de ce genre d'expérimentation : qu'adviendrait-il demain si de la musique tonitruait dans nos campagnes ?

C'est à la fin des années 60 que Dorothy Retallack[2], biologiste et mélomane, entreprit des

1. T.C.N. Singh, *Bihar Ag. College Mag.*, 1963, 13, 1.
2. D. Retallack, Ed. De Vorss et coll., Santa Monica, Cal., 1973.

218

travaux, d'ailleurs fort controversés, sur les effets de la musique sur les plantes. Elle fit des révélations surprenantes qui suscitèrent dans le monde scientifique des réactions plutôt hostiles, mais que les médias reprirent à grand fracas. Selon D. Retallack, la musique préférée des plantes serait la musique orientale, qui pourrait aller jusqu'à doubler le rythme de leur croissance, notamment les « raga » joués par des instruments à cordes. Au second rang, on trouve la musique classique, avec une prédilection pour Jean-Sébastien Bach, suivie de très près par le jazz, à condition de supprimer les percussions. Quant au rock et autres musiques dites « hard » ou « acide », elles provoquent à court ou long terme des lésions irréversibles. Il serait donc fortement déconseillé de « sortir » les plantes en discothèque sous prétexte de leur faire changer d'atmosphère !

Sur la base de ces informations ont vu le jour diverses initiatives visant à établir des répertoires musicaux pour les plantes, dont il semble bien qu'ils reflètent davantage les goûts personnels des auteurs que celui des végétaux soumis à ces concerts. Ainsi découvre-t-on, par exemple, que le *Concerto pour violon en* la *mineur* de Jean-Sébastien Bach favorise la croissance des plantes, alors que l'*Ave Maria* de Verdi déclencherait une floraison hâtive, que la *Marche nuptiale* de Mendelssohn serait recommandée pour les périodes de germination... On trouve même dans le commerce des disques ou des cassettes[1] spécialement conçus pour la beauté des plantes

1. M. Monestier, *De la musique et des secrets pour enchanter vos plantes*, Tchou, 1978.

d'appartement. Serait donc venue l'époque d'un *New Age* pour les plantes !

Un examen critique des arguments souvent contradictoires avancés par les divers auteurs ne nous donna pas satisfaction, au point qu'il nous fut même impossible de savoir si, oui ou non, les plantes étaient sensibles à la musique. Aussi nous parut-il indispensable de reprendre ces expériences, ce que nous fîmes durant quatre ans, de 1990 à 1994.

Nous avons, pour cela, utilisé des graines d'espèces clonées afin d'éliminer au maximum la variabilité génétique des plantes soumises aux expérimentations. Les graines sont semées dans deux boxes, l'un recevant de la musique durant douze heures par jour, l'autre contenant les graines témoins. Neuf espèces ou variétés de plantes ont été utilisées, dont une volubile (haricot calypso)[1].

Nous avons reproduit plusieurs fois la même expérience à l'identique, toutes conditions étant égales par ailleurs, en variant les émissions musicales ; les résultats montrèrent que ces expériences ne sont qu'imparfaitement reproductibles ; rompus à une longue pratique de la biologie, nous n'en avons pas été autrement étonnés : le nombre de paramètres mis en œuvre dans de telles expériences étant fort élevé, l'isolement d'une variable unique, la musique choisie — et encore celle-ci se décompose-t-elle en de multiples sous-paramètres —, n'est pas aisé. Sans doute faut-il y voir l'explication pour laquelle les scientifiques n'ont pratiquement jamais publié

1. Les huit autres étant : lentille, petit pois, haricot astrel, avoine, *Tradescantia* (misère), *Areca, Cereus, Chlorophytum.*

sur le sujet. Car une parfaite reproductibilité, du moins en biologie, reste le critère de base d'une expérimentation recevable.

Toutefois, sur les neuf échantillons de végétaux mis en expérience, sept ont vu leur croissance accélérée par la musique, et ce, dans des proportions statistiquement significatives ; ce qui permet d'affirmer sans aucune hésitation que *les plantes sont effectivement sensibles à la musique.*

Chaque plante a réagi à sa manière. Certaines ont poussé plus vite que d'autres : c'est notamment le cas de l'avoine, des lentilles et du chlorophytum, fort sensibles à la musique de Vivaldi et de Mozart. Une autre s'est dirigée vers la source sonore, manifestant du coup un tropisme semblable à celui que nous connaissons avec la lumière : c'est le haricot calypso, plante volubile qui oriente sa croissance vers l'émetteur, préférant en l'occurrence cette orientation à celle de la lumière du jour. Cette variété est apparemment très sensible aux ondes sonores, et même au hard rock (Van Halen) ! Cette propension des plantes à s'orienter vers la source sonore avait déjà été signalée, nous l'avons vu, par Dorothy Retallack. Nous la confirmons pour l'une d'elles : force est en effet de constater, comme l'attestent les photographies, que cette plante grimpante choisit l'émetteur sonore de préférence à la lumière, même quand cet émetteur est dans une position diamétralement opposée à celle-ci.

Ayant ainsi démontré que la musique exerce un effet positif sur la croissance des plantes, nous avons voulu vérifier si les plantes ont des « goûts musicaux », si elles préfèrent telle musique à telle autre. Malheureusement, le faible écart constaté entre les échantillons qui « écoutent » Vivaldi, Mozart ou Van Halen ne nous permet pas de trancher ni de proposer quelque loi générale que ce soit. En cela, nos conclusions divergent des systématisations telles que celles, par exemple, que propose Dorothy Retallack. Toutefois, nous avons la certitude qu'aucune des trois musiques expérimentées n'exerce d'effets défavorables. Aucune d'elles ne devient un *requiem* pour les plantes !

A priori, il ne nous semble pas possible d'évaluer l'effet de telle ou telle musique sur telle ou telle espèce de plantes. En serait-il des plantes comme des humains ? Existerait-il chez elles des variations selon les espèces, en fonction de leur patrimoine génétique, des particularités de leur biochimie, etc. ? Si certaines musiques plaisent à un grand nombre de gens, si, pour beaucoup, les sons deviennent des thérapies, il est néanmoins difficile de généraliser. Chaque individu réagira plus ou moins favorablement à telle ou telle en fonction de son âge, de son sexe, de son tempérament, de ses expériences vécues, de la mode, de l'air du temps, peut-être d'autres critères qui, sans doute, nous échappent encore. A l'heure où l'on parle tant de biodiversité, peut-être faut-il admettre que les plantes « n'ont pas de goût standard », qu'elles sont inégalement sensibles à la musique au gré de leurs particularités biochimiques ou autres.

En résumé, plusieurs expériences ont été menées sur la musique et les plantes, et quelques applications pratiques ont même vu le jour sous le titre de « communication sonore ». Tel est, par exemple, le *Sonic Bloom*, association de musique et d'arrosage par pulvérisation, pratiquée par

Mac Clurg[1] en Floride, qui augmenterait singulièrement la taille des oranges. Telles sont aussi les pratiques des Indiens Hopis de l'Arizona qui chantent, pour faire pousser le maïs, des airs transmis de génération en génération... Une tradition qui, là-bas, se perd tandis que nos contemporains cherchent au contraire « à tâtons » à « enchanter » leurs plantes en leur jouant de la musique.

Les Canadiens P. Weinberger et M. Measures[2], ayant constaté un effet positif de la musique sur la croissance des plantules de blé d'hiver (blé rideau), ont cherché à établir quelle est la nature des sons et des intensités sonores qui produisent le résultat le plus marqué. Il ressort de leur inventaire des intensités et des fréquences que la combinaison la plus favorable correspond à l'utilisation d'une fréquence de 5 kilohertz pour une intensité sonore de 92 décibels. Dans ces conditions, la croissance de pousses secondaires, produisant une majoration du poids sec de la plante, est tout à fait significative. L'augmentation des intensités à 105 et même 120 décibels entraîne au contraire une réduction du poids du tissu des racines et des germinations. Ces chercheurs signalent en outre qu'aucun des traitements sonores essayés n'a affecté l'ébauche et le développement des fleurs (épis).

Des expériences plus récentes, dont nous n'avons eu connaissance que postérieurement à nos propres expérimentations, ont apporté des informations plus précises sur la nature de la

1. P. Tompkins et C. Bird, *La Vie secrète du sol*, Robert Laffont, 1990.
2. P. Weinberger et M. Measures, *Can. J. Bot.*, 1979, 57, 1036-1039.

sensibilité des plantes à la musique. Il s'agit des travaux et des recherches de Joël Sternheimer[1], qui aborde le problème par la physique et la biologie moléculaire.

Il ne serait ni convenable ni concevable qu'un ouvrage consacré au vivant ignore l'axe fondamental de la biologie moderne : la biologie moléculaire. Mais il est nécessaire de rappeler en préliminaires quelques définitions essentielles. On sait que notre programme génétique, comme celui de tous les êtres vivants, est inscrit dans une structure spécifique du noyau de chacune de nos cellules : l'ADN[2]. Ce patrimoine génétique varie selon les espèces ; il s'analyse dans un certain nombre de gènes, d'autant plus grand que l'espèce se situe plus haut dans la hiérarchie du vivant. Pour exprimer ce patrimoine génétique, l'ADN, comme une banque, émet une « monnaie » : l'ARN[3], messager sur lequel sont transcrites les informations contenues dans l'ADN. Ce message sera traduit par un petit organite présent dans chaque cellule : le ribosome. Le ribosome est un lieu stable, une sorte d'« établi » sur lequel va s'effectuer la synthèse des principales molécules constituant les êtres vivants : les protéines.

Une protéine est une sorte de chaîne, plus ou moins tordue dans l'espace, qui résulte de la mise bout à bout d'un grand nombre de maillons élémentaires : les acides aminés. L'acide aminé, présent dans le milieu cellulaire, se fixe d'abord sur une troisième variété d'acide nucléique, l'ARN de

---

1. Notes et communication personnelles.
2. Acide désoxyribonucléique.
3. Acide ribonucléique.

transfert, qui vient lui aussi se placer sur le ribosome, plus spécifiquement sur le site de l'ARN messager en cours de lecture par le ribosome. L'acide aminé porté par l'ARN de transfert est alors scellé au bout de la chaîne protéique en cours de formation ; puis la synthèse de la protéine se poursuit, de nouveaux ARN de transfert apportant de nouveaux acides aminés au ribosome. Ce mécanisme de synthèse des protéines contrôlé génétiquement aboutit à l'élaboration d'innombrables molécules complexes, telles, par exemple, les enzymes ; il est aujourd'hui bien connu et constitue le *b a ba* de la biochimie et de la biologie moléculaire.

Vient alors le travail original de Joël Sternheimer, faisant appel aux notions quelque peu coriaces de la physique quantique. Pour résoudre certaines difficultés propres à cette discipline, il avait en effet été amené à prédire par le calcul l'existence d'ondes jusque-là inobservées. Sans doute faut-il rappeler que, pour la physique quantique, la matière est à la fois vibratoire et corpusculaire, tantôt perçue comme onde, tantôt comme corpuscule.

Les ondes observées par l'auteur relient entre elles différentes « échelles » d'un système de corpuscules quantiques, qu'il a appelées pour cette raison « ondes d'échelle »[1]. Mais comment le vérifier ? Le système acide aminé/ARN de transfert/ribosome lui en donnait le moyen : lorsque l'acide aminé porté par son ARN de transfert vient s'accrocher sur le ribosome au cours de la synthèse, il doit théoriquement, selon ses

1. J. Sternheimer, à paraître aux comptes rendus de l'Académie des sciences, Paris.

calculs, émettre un tel signal, sorte de « message » harmonisant le processus de synthèse de la protéine dans l'organisme où il se produit ; avec, comme conséquence, que la succession des fréquences de ces ondes, pour les acides aminés successifs, s'organise alors par une suite de phénomènes de résonance, de façon à former de véritables mélodies qui respectent effectivement des lois du type de celles que l'on rencontre dans une composition musicale. Etait-ce le cas pour les protéines des organismes vivants connus, dont les séquences d'acides aminés sont aujourd'hui disponibles ? Eh bien, oui : entre autres « traces » de la présence d'ondes d'échelle dans le processus de synthèse, celle-là était manifeste. A partir de là, Sternheimer montra qu'entre les protéines et les musiques, il y a moins de chemin que l'on pourrait croire et, inversement, que des musiques appropriées peuvent être de nature à faciliter la synthèse des protéines utiles à l'organisme. Appropriées, c'est-à-dire « décodées », conformément aux ondes émises par chaque amino-acide, la mélodie entière correspondant à la protéine entière. Lorsque les plantes « écoutent » la mélodie appropriée, les ondes acoustiques sont transformées « microphoniquement » en ondes électromagnétiques, elles-mêmes sources d'« ondes d'échelle », et elles se mettent à produire la protéine spécifique à cette mélodie. Sternheimer a également décodé des mélodies qui inhibent la synthèse des protéines.

De spectaculaires expériences ont été menées par l'auteur sur des cultures de tomates ; elles ont été effectuées dans un potager de Lacave, en Ariège, entre mai et août 1993. Deux jardins sont plantés de tomates ; le premier est un « jardin musical », l'autre un jardin témoin. Les plantes du jardin musical reçoivent une séquence sonore diffusée par haut-parleur : il s'agit de la « mise en musique », selon les principes évoqués, de plusieurs protéines contenues dans la tomate, spécifiques notamment de son développement végétal et de la saveur des fruits. Cette musique a été diffusée durant 1 minute 30, une à deux fois par jour, ou, dans un autre essai, une fois par jour pendant 3 minutes.

Plantées le 19 mai, les plates-bandes ont reçu les musiques correspondant à divers constituants de la tomate : des extansines pour la croissance, le cytochrome C pour le métabolisme énergétique, ainsi que la tomatine 1 pour le développement de la saveur ; puis, à partir du 10 juillet, une protéine de floraison, une protéine antisécheresse et enfin, quelques jours avant la fin de l'expérience, deux protéines du virus de la mosaïque de la tomate — ici, la musique a été utilisée dans son sens inhibiteur, car quelques plants commençaient à être attaqués par ce parasite. Naturellement, une telle expérience exige une parfaite connaissance de la chimie de la plante sur laquelle on veut agir, puisque c'est d'elle que découle la composition de la musique.

La différence entre le jardin témoin et le « jardin musical » est significative. Les tomates du « jardin musical » sont presque trois fois plus nombreuses et en moyenne plus hautes pour ce qui est du pied de 27 % ; leurs fruits sont nettement plus gros. Ces résultats sont attestés par une série de photos des plus suggestives.

Après le 4 août, la musique a été interrompue durant quelques jours, des nécroses étant apparues sur les tomates au voisinage des tiges. L'arrêt de la musique a entraîné la disparition du phénomène, peut-être dû à un surdosage. C'est ici qu'apparaît la notion de « quantité » de musique attribuée à une plante en croissance. Avec la reprise de la musique, de curieux phénomènes de tomates doubles ont été constatés. Par ailleurs, l'attaque de mosaïque a disparu rapidement après la diffusion de la musique correspondant aux deux protéines du virus dans le sens inhibiteur.

Ces recherches sur les effets de la musique comportent des applications d'ordre alimentaire qui illustrent bien leur pertinence. L'utilisation de musiques à des fins de productions agro-alimentaires n'est pas nouvelle. On cite les agriculteurs des îles du Pacifique qui imitaient le chant des oiseaux de leur région afin d'améliorer le rendement de leurs cultures ; des pratiques qui existaient également aux Indes et que Singh[1] a reprises à son compte il y a quelques décennies. Le Japon a pris une certaine avance en appliquant des musiques à l'amélioration de la fermentation des levures employées dans la fabrication du fromage de soja. Des recherches sont également en cours pour l'amélioration de la panification et de la production d'alcool. Le principe est toujours le même : obtenir, en s'aidant de musiques appropriées, des produits qui se distinguent par la qualité de leur saveur.

En se fondant sur la méthode de Sternheimer, Pedro Ferrandis[2] s'est employé à faire entendre de la musique de stimulation à certains pains, tandis que d'autres restaient des pains témoins non traités. Au bout d'1 heure 45 minutes de fer-

1. *Op. cit.*
2. Pedro Ferrandis, *Ind. des céréales*, 1993, 85, 40-42.

mentation, on constatait une différence considérable de volume : les pains témoins avaient de 950 à 1 000 cm^3, tandis que les pains « musicaux » atteignaient 1 100 à 1 200 cm^3. Les pains « musicaux » étaient donc mieux levés, dotés d'un volume plus gros et d'une densité plus faible que les pains témoins. Dans une autre expérience, trente personnes ont été sollicitées pour donner en aveugle leur avis sur la qualité des pains. L'on a vu naturellement apparaître une nette préférence de goût pour les pains « musicaux ».

Dans cette série d'expériences, la séquence musicale est déterminée par la formule d'une enzyme essentielle au développement du processus de fermentation. Elle engendre une accélération de celle-ci, une diminution de l'acétaldéhyde au goût désagréable, une augmentation du dégagement de gaz carbonique qui fait monter le pain ; bref, des effets nettement favorables à la panification.

Par ces recherches originales à la charnière de la biologie moléculaire et de la physique quantique, Joël Sternheimer, formé aux mathématiques et à la physique des quanta aux universités de Paris, Lyon et Princeton, nous donne peut-être la clef — ou l'une des clefs — des effets de la musique sur les plantes. Cet axe de recherche atteste une fois de plus, si cela était encore nécessaire, le profit que peut tirer la science de la conjugaison des points de vue de plusieurs disciplines parfois fort éloignées.

Enfin, l'auteur doit mettre en garde les utilisateurs de ces musiques qui, en raison de leur forte spécificité, peuvent affecter ceux qui les interprètent ou ceux qui les entendent. Il conseille une très grande prudence et évoque le cas d'un musicien qui, après avoir joué la tonalité du cyto-chrome C (pigment respiratoire), éprouva des dif-ficultés d'ordre respiratoire.

On reste plein d'admiration face à la beauté de la démonstration et à la précision des résultats obtenus. Et l'on ne peut qu'évoquer ces réflexions pertinentes de François Jacob, que cite Stern-heimer en conclusion de ses travaux : « A un ins-tant donné, on peut prévoir au mieux ce que va devenir la recherche dans l'immédiat, à très court terme, cinq ans peut-être, mais c'est la part la moins intéressante de la démarche scientifique. L'important, par définition, personne ne peut le ressentir ; c'est ce qu'un inconnu, dans un coin de cave ou de grenier, aura l'idée saugrenue de chan-ger dans notre représentation du monde. »

Puisque nous en sommes à inventorier les créa-teurs audacieux, il serait injuste d'omettre, en clô-turant ce chapitre, les recherches non moins étonnantes de Jean-Claude Pérez. Poursuivant des recherches dans un domaine parallèle à celui de Sternheimer, cet auteur compose des séquences musicales qui sont en harmonie avec la structure de l'ADN. On se souvient que l'ADN est constitué de gènes propres à chaque espèce ; que chaque gène est constitué par une série plus ou moins longue de maillons élémentaires[1] dont chacun comporte une base. Comme il existe quatre bases[2], il en résulte un alphabet à quatre lettres : T C A G, que l'on sait être aujourd'hui l'alphabet de toute vie, végétale, animale ou humaine. Les virus, tel celui du Sida, ne comptent que quelques gènes et, au total, environ 9 000

1. Nucléotides.
2. Thymine, cytosine, adénine ou guanine.

lettres. Le génome humain comporte en revanche environ 100 000 gènes, soit au total quelque 3,5 milliards de lettres.

Jean-Claude Pérez montre que la disposition des lettres, c'est-à-dire l'alphabet de la vie, s'ordonne non pas d'après les lois du hasard, mais selon des harmonies en référence à la fameuse série de Fibonacci, dont les nombres successifs correspondent chacun à la somme des deux nombres précédents : 1 1 2 3 5 8 13 21, etc. Fibonacci fut le plus grand mathématicien du XIIIe siècle. Sa série est célèbre, comme l'est aussi le fameux nombre d'or qui régit les proportions harmonieuses de la nature, mais aussi de l'architecture, soit 1,618. Invités à dessiner un rectangle, des enfants le dessineront spontanément de telle manière que le rapport des deux côtés approche cette valeur. Le pentagramme ou étoile aux cinq branches si « harmonieusement proportionnées » est construit sur des valeurs correspondant au nombre d'or, comme l'est d'ailleurs la disposition des fleurs sur le réceptacle du tournesol, ou encore la spirale de la coquille du nautile. Nombre d'or et série de Fibonacci sont très proches, puisque celle-ci nous donne entre deux nombres successifs de la série, par exemple 8/5, un quotient de 1,6. Une valeur que l'on trouve encore dans la spirale des ammonites, la disposition des fleurs sur le cœur de la marguerite, le nombre des spirales de l'ananas, la disposition des feuilles sur le tronc des palmiers et des bractées sur les pommes de pin, etc. L'architecture de toutes ces structures est directement liée au nombre d'or et à la série de Fibonacci. Elles nous étonnent par l'harmonie avec laquelle se déploie la disposition élégamment imbriquée de leurs éléments.

La découverte de Jean-Claude Pérez[1] pourrait être riche de conséquences et permettre, par exemple, la compréhension des variations de la structure des virus du Sida, dont les mutations et les évolutions extrêmement rapides rendent si difficile l'élaboration d'un vaccin. Si les harmoniques fondées sur ces nombres devaient se confirmer, il serait possible d'anticiper les variations des virus et d'élaborer alors un vaccin représentatif de leurs multiples variétés potentielles.

Mais, dira-t-on, quel lien entre la constitution de l'ADN et la musique ? Joël Sternheimer a montré que les structures de la matière vivante supposent, en vertu de la physique quantique, des vibrations qui, en changeant d'octave, deviennent des musiques audibles. Ici, il s'agit plutôt d'une « mise en musique » des harmonies constatées dans la distribution des quatre bases de l'ADN. Ainsi Jean-Claude Pérez a-t-il composé une « musique des gènes[2] » qui peut être tout aussi bien la musique de telle ou telle séquence du génome humain que celle du génome de telle ou telle plante ou même d'un charançon au temps des dinosaures.

Quoi qu'il en soit, on serait curieux de savoir ce que nous chantent le tournesol ou la marguerite...

1. Jean-Claude Pérez, *Le Supracode de l'ADN*, Ed. Hermès, Paris, 1996.

2. J.-C. Pérez, *La Première Musique des gènes*, CD GenEthics, BP 35, 33127 Martignas.

CHAPITRE 19

La santé par les plantes ?

Du jardin au balcon et à l'appartement, il n'y a souvent qu'un pas que les plantes n'ont pas hésité à franchir. Minijardins sur les terrasses, jardins d'hiver, appartements transformés en microserres : les plantes nous accompagnent au plus près. A la campagne, le jardin retrouve sa primauté d'autrefois. En ville, les potagers périurbains se multiplient et le jardinage, avec le bricolage, prend une part toujours plus importante dans les loisirs humains, ainsi qu'en témoigne la multiplication des commerces et des rayons de supermarchés qui leur sont consacrés. Jardinage et bricolage deviendraient-ils les deux mamelles de la France ? D'une France déboussolée et déconcertée prenant pied — ô combien difficilement — sur les rivages incertains de l'ère postindustrielle où toutes les références, toutes les valeurs seraient remises en question ?

Sous le nom d'« hortithérapie », on conseille aux personnes en difficulté de cultiver un jardin, puis on les guide dans cette approche. Récemment, une jeune femme me raconta comment, après une grave dépression, elle avait recouvré la santé en transformant le balcon de son appartement en jardin. Elle avait découvert l'hortithérapie sans le savoir ! Car, sous ce nom, de multiples expériences se développent en France et à l'étranger, aux Etats-Unis en particulier[1], au profit des handicapés physiques et mentaux. Il existe même des hortithérapeutes, et une association américaine de thérapie par l'horticulture[2]. D'inspiration nettement anglo-saxonne, avec d'importants prolongements au Japon, cette nouvelle version de la « médecine par les plantes » est fondée sur le lien intime, immédiat, intuitif qui rapproche mystérieusement la plante et l'homme dans une singulière communication. Cette autre version de la « main verte » — l'« âme verte », faudrait-il dire — n'est certes pas l'apanage de ceux qui connaissent les plantes par la seule approche rationnelle et scientifique. Bien au contraire, les plantes donnent à tous, et largement ; mais à condition de s'ouvrir à leur beauté, à leur douceur, à ceux de leurs « mœurs et comportements » qui, dans l'unité profonde de la vie, sont également les nôtres. Il n'est, pour s'en convaincre, que de se jeter à l'eau : de commencer à peupler son appartement de plantes et à les cultiver avec affection.

Mais voici que réapparaît la science « dure », avec de nouvelles révélations sur le rôle des plantes dans la purification et la dépollution de l'air des habitations. Que les plantes régénèrent l'air, on le savait depuis longtemps : la photosyn-

1. Jardin botanique de Chicago, Université de Kansas City.
2. Horticultural Therapy, Mme S. Ménezo, Montpensé-Fontcouverte, 17100 Saintes.

thèse végétale dégage de l'oxygène durant la journée entière, et absorbe simultanément du gaz carbonique. Mais, en même temps, nuit et jour, les plantes respirent et font l'inverse : elles dégagent du gaz carbonique et absorbent de l'oxygène. La simultanéité de ces deux processus peut surprendre, mais on sait que la photosynthèse — apanage des seules plantes vertes — l'emporte nettement : du coup, les plantes d'appartement régénèrent effectivement l'atmosphère où elles baignent.

Il y a plus. Des recherches menées par l'Agence de Protection de l'Environnement des Etats-Unis et par la NASA[1] viennent d'apporter un nouveau fleuron à la couronne de nos plantes vertes : celles-ci jouent un puissant rôle antipolluant ! La pollution domestique a fait l'objet de nombreux travaux au cours des dernières décennies. On la trouve aussi bien dans les bureaux que dans les habitations. L'atmosphère confinée des espaces intérieurs, même équipés d'air conditionné, est peuplée en permanence de molécules chimiques indésirables : les micropolluants. Il en est ainsi, par exemple, du benzène, solvant couramment utilisé dans les peintures, les encres, les carburants, les matières plastiques, le caoutchouc, etc., qui, à forte concentration — très supérieure à celle que l'on peut détecter dans l'atmosphère domestique — est cancérigène. Les ateliers manipulant le benzène sont strictement surveillés par la médecine du travail. A faible dose, le benzène provoque des maux de tête, de la nervosité, une perte d'appétit. Autre gaz nuisible : le formaldéhyde, ou formol, émanant des mousses d'isola-

1. Valérie Borde, in *Science et Avenir*, 1994, *48*, 48-51.

tion, de certains papiers utilisés en emballage alimentaire, de la colle à moquette, des vêtements nettoyés à sec, etc. Le formol est une substance qui irrite les voies rhinopharyngées et peut déclencher des crises d'asthme. On pourrait allonger indéfiniment cette liste de molécules suspectes. Il suffit de citer encore le toluène, homologue supérieur du benzène, le trichloréthylène, solvant toxique très utilisé, le monoxyde de carbone, responsable désigné de nombreux accidents par asphyxie, ainsi que des centaines d'autres composés chimiques présents à l'état de traces...

Les tests de dépollution par les plantes effectués par la NASA ont donné des résultats surprenants ; ils montrent que la capacité destructrice des molécules toxiques chez les plantes vertes varie considérablement en fonction de l'espèce considérée. On retrouve ici cette notion de spécificité, déjà signalée en ce qui concerne les effets de la musique sur les plantes : à chaque espèce sa sensibilité — son métier, en quelque sorte.

Ainsi, en vingt-quatre heures, le lierre est-il à même d'éliminer 90 % du benzène de l'atmosphère. Le ficus[1] s'est en quelque sorte spécialisé dans l'élimination du formaldéhyde à raison de 47 %, mais le chlorophytum fait mieux que lui, puisqu'il enlève à la fois 86 % du formaldéhyde et 96 % du monoxyde de carbone durant la même période. Quant à l'aloe, il est le champion de la détoxication du formaldéhyde avec 90 %, faisant en cela un peu mieux que le chlorophytum et le philodendron. La croyance populaire selon laquelle les plantes dépolluent l'air trouve ici une

1. *Ficus benjamina.*

brillante confirmation. Sans compter qu'elles dépolluent l'eau également ! En organisant un système de lagunage où les eaux usées circulent lentement à travers des plantations idoines, on peut aujourd'hui améliorer considérablement la qualité des eaux.

Purification de l'eau, purification de l'air des appartements, voici que les plantes entrent par la grande porte dans une rubrique de l'écologie où on ne les attendait pas, celle de la dépollution. Pot de terre contre mauvais air, les plantes d'appartement ajoutent au plaisir des yeux et des sens des prestations que l'on n'aurait pas même pu imaginer il y a seulement quelques années.

CHAPITRE 20

Communiquer avec les arbres

L'utilisation des plantes en thérapeutique remonte à la nuit des temps. Qu'il s'agisse d'usage externe ou interne, des dizaines de milliers de recettes et de formules nous sont parvenues, dont certaines ont donné naissance aux grands médicaments modernes. Mais les plantes, nous l'avons vu, ont plus d'un tour dans leur sac. Si l'horticulture a été hissée au rang d'une thérapeutique, les hommes ont de tout temps entretenu avec les arbres des liens privilégiés. La mythologie grecque a poussé si avant le rapport de l'homme à l'arbre que, dans ses *Métamorphoses*, Ovide raconte comment les Héliades se changeaient en peupliers, Dryopé en jujubier, Daphné en laurier...

De nombreuses traditions considèrent les bois sacrés comme des lieux de culte : car c'est dans la forêt sacrée que l'on entrait en contact avec les dieux ; on y offrait des sacrifices et on y attendait l'inspiration ou la guérison. Asclépios, dieu de la médecine, y soignait toujours ses malades. Dans un ouvrage très documenté, *Forêt et santé*,

Georges Plaisance[1], ingénieur des eaux et forêts, insiste sur la relation psychologique et physiologique de l'homme et de l'arbre : « Les signes de vie du végétal, même sentis inconsciemment, sont une invitation à ce déplacement de l'énergie dans notre corps, si important dans les conceptions d'Extrême-Orient, repris par les acupuncteurs, par le zen [...]. Il n'est guère besoin de connaissances en physiologie végétale pour sentir que la sève circule dans l'arbre comme le sang dans notre corps, que les énergies sont puisées en certains lieux de l'arbre [...]. Tout, dans l'arbre, aussi bien la rigidité du tronc que la souplesse des feuilles, est susceptible d'analogies intellectuelles ou de transferts psychologiques et peut donc contribuer — si nous sommes capables d'intégrer l'arbre en nous — à améliorer notre stature et nos fonctions vitales. Encore faut-il s'exercer à cette identification, comme l'ont fait de nombreux poètes. »

En vérité, il est bien des manières d'aimer les arbres. Saint Bernard disait avoir plus appris d'eux que des livres. Quant à Lucrèce, il pensait que la musique de la flûte avait pris naissance dans les bois profonds. François Mauriac, lui, embrassait les chênes de son parc, collant son corps à leur écorce et les enserrant dans ses bras. Il renouait ainsi avec la primauté du chêne, que l'Antiquité gréco-romaine considérait comme oraculaire : en regardant le vent faire trembler ses feuilles, on pouvait connaître le dessein des dieux. Et bienheureux les mortels, empereurs ou généraux victorieux, que l'on couronnait de chêne !

1. Georges Plaisance, *Forêt et santé. Guide pratique de sylvothérapie*, Ed. Dangles, collection « Ecologie et survie », 1985.

C'était reconnaître leur quasi-divinité. D'ailleurs, les généraux français portent encore sur le képi de leur tenue d'apparat une couronne de feuilles de chêne.

Etreindre et enlacer les arbres... Une attitude que l'on retrouve dans nombre de pays et d'ethnies. Elle exprime pleinement le rapport intime de l'homme et du végétal, ce ressourcement unique, si précieux et rare dans nos sociétés bavardes, bruyamment « communiquantes ».

ÉPILOGUE

P. est née au Mali. En 1963, elle vient en France avec sa famille. Etreindre, enlacer, aimer les arbres est une expression de la sensibilité et de l'affectivité dont elle ne saurait se passer. Donnons-lui la parole :

Quand avez-vous commencé à embrasser les arbres ?

— Quand j'étais toute petite et que je gardais les vaches en Afrique. J'étais contente de me trouver dans la nature, et tout a commencé là.

Est-ce que vos parents vous l'ont appris ?

— Non, c'est venu tout seul. Quand j'avais du chagrin, je me trouvais bien avec les arbres. Je les caressais, je « m'entourais » contre l'arbre et lui racontais mon chagrin.

Des chagrins de petite fille...

— De petite fille, mais aujourd'hui encore... Les chagrins de toute la vie. Ce que les hommes ne comprennent pas, les arbres, eux, le comprennent.

Ils vous ont dit qu'ils vous comprenaient ? Comment le savez-vous ?

— Je le sais parce que je le sens[1]. Quand je suis avec les arbres, je sais qu'ils me comprennent, et quand je les touche, je sais qu'ils me répondent.

Et que répondent-ils ?

— Ah ! Ça, je ne peux pas vous le dire... C'est mon secret.

Mais ils répondent...

— Oui, ils répondent et ça me fait du bien, ça me calme totalement.

Si vous alliez vous confesser, vous qui êtes si chrétienne, cela aurait-il le même effet ?

— Non, ce n'est pas le même effet. Parler avec un homme et avec un arbre, ce n'est pas pareil. Ce n'est pas du tout la même chose.

C'est mieux avec les arbres ?

— Absolument, ils me comprennent mieux...

Tous les arbres ?

— Non, pas tous les arbres. En Afrique, il y a beaucoup d'arbres, je ne connais pas leurs noms en français. L'arbre qui donne le beurre de karité[2] marche très bien. Ici, en France, ce sont les chênes.

Qui vous a dit que c'étaient les chênes ?

— Personne, mais je le ressens. J'en ai essayé plusieurs sortes. Avec les hêtres, je parle aussi.

Ce sont toujours de grands arbres avec de gros troncs...

— Pas forcément ; c'est parce que c'est cet arbre-là et pas un autre. C'est ce que je ressens, en tout cas. Les arbres sont comme les hommes, chacun communique avec telle personne plutôt

---

1. Une phrase qui fut jadis tant reprochée à Teilhard de Chardin et qui vient ici spontanément aux lèvres de notre interlocutrice.

2. *Butyrospermum parkii.*

qu'avec une autre. Moi, je m'entends bien avec certains arbres, mais pas avec tous...

Vous croyez qu'ils ont comme nous une âme ?

— C'est évident. Je vais vous raconter une histoire. Dans le jardin, j'ai coupé une branche de vigne sans le faire exprès. J'ai dit : « Oh ! Je m'excuse... », mais elle n'était pas contente. Quand je suis repassée devant le pied, c'est comme si quelqu'un m'avait renvoyé un coup en pleine figure ; je l'ai senti passer. Alors je lui ai dit : « Tu vois, comme ça on est quitte. »

C'était une vigne ?

— Oui. Elle n'est pas méchante, mais je l'ai cassée, alors elle n'était pas contente. Quand je vais cueillir des roses, je m'excuse avant, je les caresse, alors elles ne me piquent pas...

Un jour, nous avons vu des conifères d'origine américaine dans un grand parc : c'étaient des cyprès chauves[1]. Vous les avez étreints dans vos bras et vous avez dit : « Ils ne disent rien. »

— Oui, parce que je ne les sentais pas ; je ne peux pas communiquer avec les conifères : les sapins, les épicéas, les pins... Ils ne sont pas fâchés avec moi, mais on ne peut pas entrer en communication avec eux.

C'est comme un mauvais mari ?

— Je n'irai pas jusque-là. Mais c'est comme les relations avec les gens ; on communique facilement avec certains et pas du tout avec d'autres.

Vous connaissez d'autres gens qui font comme vous ?

— Quelques-uns, mais pas beaucoup. En Afrique, au Mali, c'est courant. Mais ça ne se

---

1. *Taxodium distichum.*

transmet pas de père en fils, ça vient selon sa sensibilité, spontanément.

Quand vous avez un gros chagrin, vous le leur racontez avec des mots, ou sans ?

— Avec des mots, je leur parle et je sais qu'ils m'ont entendue. Je me sens apaisée. Leur langage est différent du nôtre, c'est mon secret !

Vous pensez que l'arbre vous reçoit...

— Oui, c'est tout à fait ça.

Peut-il vous aider à prédire l'avenir ?

— Pas l'avenir, je ne veux pas savoir ça...

Etes-vous sensible au fait que les feuilles tremblent d'une certaine manière, ou, s'il n'y a pas de vent, qu'elles ne tremblent pas du tout ?

— Oui, à cela aussi je suis sensible ; ça veut dire quelque chose. Est-ce que les arbres ne vivent pas comme nous ? On ne les voit pas bouger, mais ce sont des êtres vivants comme vous et moi. Et, quand ils tremblent, il leur arrive quelque chose.

Et ce chêne-liège de Cannes qui vous avait fait un geste...

— Oui, il tremblait[1].

Comment avez-vous su que c'était un chêne ?

— C'est vous qui me l'avez dit et ça marchait comme pour les chênes ; les chênes se ressemblent tous. Les cerisiers, les mirabelliers, les quetschiers et les manguiers marchent aussi. Les marronniers, les noyers ne marchent pas bien...

Et les eucalyptus ?

— Je ne connais pas ces arbres-là.

Est-ce que la forme et le revêtement, lisse ou rugueux, du tronc jouent un rôle ?

— Non, pas du tout.

---

1. P. rejoint ici la tradition immémoriale qui veut que le tremblement des arbres sous la brise soit porteur de significations.

Les jeunes cerisiers sont lisses...

— Oui, ça marche. Dieu nous a fait une faveur : on peut marcher sans que ce soit le vent qui nous déplace... Par leur balancement, les arbres nous parlent, mais l'homme ne prend pas le temps de voir toutes ces choses-là, et c'est très dommage. On perd beaucoup de choses en étant toujours pressé. « Je n'ai pas le temps ! » disent les gens. Pour savoir, il faut regarder, et pour regarder, il faut prendre du temps. Si on n'a pas le temps, on passe à côté des merveilles que Dieu nous a données.

Table

De l'Univers à l'être, réflexions sur l'évolution, Fayard, 1996.

Plantes en péril, Fayard, 1997.

Le Jardin de l'âme, Fayard, 1998.

Plantes et aliments transgéniques, Fayard, 1998.

La Plus Belle Histoire des plantes (avec M. Mazoyer, T. Monod et J. Girardon), Le Seuil, 1999.

La Cannelle et le Panda, Fayard, 2000.

La Terre en héritage, Fayard, 2000.

Variations sur les fêtes et les saisons, Le Pommier, 2000.

À l'écoute des arbres, photographies de Bernard Boullet, Albin Michel Jeunesse, 2000.

La vie est mon jardin. L'intégrale des entretiens de Jean-Marie Pelt avec Edmond Blattchen, émission *Noms de Dieux,* RTBF/Liège, Alice Éditions, diffusion DDB, Belgique, 2000.

Robert Schuman, père de l'Europe, éd. Conseil général de la Moselle et Serge Domini, 2001.

Les Nouveaux Remèdes naturels, Fayard, 2001.

Les Épices, Fayard, 2002.

L'Avenir droit dans les yeux, Fayard, 2003.

La Loi de la jungle (en collaboration avec Franck Steffan), Fayard, 2003.

Dieu en son jardin, Desclée de Brouwer, 2004.

La Solidarité chez les plantes, les animaux, les humains (en collaboration avec Franck Steffan), Fayard, 2004.

Les Vertus des plantes, Le Chêne, 2004.

Nouveau tour du monde d'un écologiste (en collaboration avec Franck Steffan), Fayard, 2005.

Après nous le déluge ? (avec Gilles-Éric Séralini) Flammarion/Fayard, 2006.

Ces plantes que l'on mange, Le Chêne, 2007.

C'est vert et ça marche ! Fayard, 2007.

Les Nouveaux Remèdes naturels, Marabout, 2007.

Nature et spiritualité (avec Franck Steffan), Fayard, 2008.

La Raison du plus faible, Fayard, 2009.

Herbier de fleurs sauvages, Le Chêne, 2009.

Petite histoire des plantes, Carnets Nord, 2009.

Les Dons précieux de la nature, Fayard, 2010.

La Beauté des fleurs et des plantes décoratives, Le Chêne, 2010.

Quelle écologie pour demain ?, L'Esprit du temps, 2010.

L'Écologie pour tous : quelle planète pour demain ?, éditions du Jubilé, 2010.

Les Voies du bonheur, La Martinière, 2010.

L'Évolution vue par un botaniste, Fayard, 2011.

Heureux les simples, Flammarion, 2011.

Cessons de tuer la terre pour nourrir l'homme !, Fayard, 2012.

Héros d'humanité, Flammarion, 2013.

Le Livre de Poche s'engage pour
l'environnement en réduisant
l'empreinte carbone de ses livres.
Celle de cet exemplaire est de :

350 g éq. CO$_2$
Rendez-vous sur
www.livredepoche-durable.fr

PAPIER À BASE DE
FIBRES CERTIFIÉES

Composition réalisée par JOUVE

Achevé d'imprimer en mars 2013 en Espagne par
Black Print CPI Iberica, S.L.
Sant Andreu de la Barca (08740)
Dépôt légal 1 publication : mai 1998
Édition 12 – mars 2013
LIBRAIRIE GÉNÉRALE FRANÇAISE – 31, rue de Fleurus – 75278 Paris Cedex 06